メイデーア転生物語４
扉の向こうの魔法使い（中）

友麻 碧

富士見Ｌ文庫

イラスト　雨壱絵穹

Contents

Characters

マキア・オディリール

〈紅の魔女〉の末裔であるオディリール家の魔術師。

使い魔

ドンタナテス（ドン助）

ポポロアクタス（ポポ太郎）

トール・ビグレイツ

王宮騎士団魔法騎士。元マキアの騎士で、現在は救世主の守護者。

〈救世主〉と〈守護者〉／ルスキア王国

アイリ

異世界からやってきた〈救世主〉の少女。

ライオネル・ファブレイ

救世主の守護者のひとり。王宮騎士団副団長。

ギルバート・ディーク・ロイ・ルスキア

救世主の守護者のひとり。ルスキア王国第三王子。

ユージーン・バチスト

ルスキア王国王宮筆頭魔術師。エレメンツ魔法学の第一人者。

ヴァベル教国

エスカ

マキアを監視するヴァベル教の司教。

ルネ・ルスキア魔法学校

レピス・トワイライト
マキアのルームメイト。フレジール皇国からの留学生。

ネロ・パッヘルベル
マキアのクラスメイト。魔法学校に首席で入学した天才。

フレイ・レヴィ
ネロのルームメイト。一歳年上の留年生。

ベアトリーチェ・アスタ
マキアのクラスメイトの令嬢。王宮魔術院院長の孫娘。

ダン・ホランド
マキアのクラスメイトのひとり。王都孤児院の出身。

ユーリ・ユリシス・レ・ルスキア
ルネ・ルスキア魔法学校・精霊魔法学担当教師。ルスキア王国の第二王子。

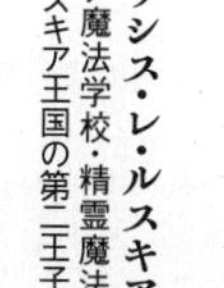

フレジール皇国

シャトマ・ミレイヤ・フレジール
フレジール皇国の女王。聖女と名高い古の魔術師〈藤姫〉を名乗る。

カノン・パッヘルベル
〝死神〟と呼ばれるフレジール皇国の将軍。マキアの前世を殺した男と瓜二つ。

Map&Realms

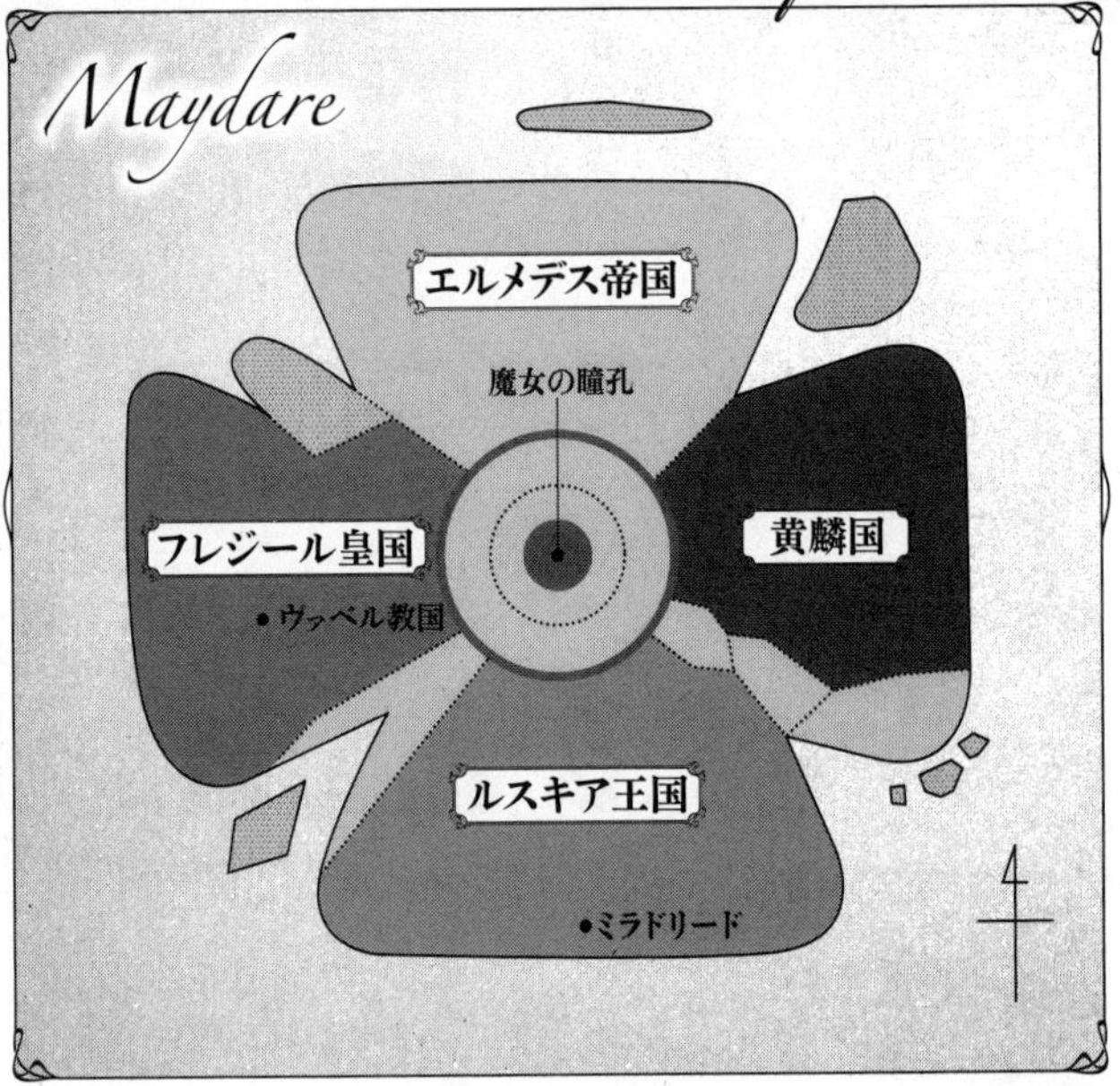

ルスキア王国
古い時代の魔力に満ちた南の大国。マキアの故郷デリアフィールドがある。

フレジール皇国
先端魔法が盛んな西の大国。ルスキア王国とは同盟関係にある。

エルメデス帝国
独裁的な北の大国。メイデーアの征服を目論んでいる。

黄《き》麟《りん》国《こく》
謎めいた東の大国。独特な東洋文化を持っている。

ヴァベル教国
フレジール皇国の内部にある、ヴァベル教の総本山。

ミラドリード
ルスキア王国の王都。ルネ・ルスキア魔法学校がある。

魔女の瞳孔
世界の中心にある大穴。

Keywords

メイデーア
世界の総称。偉大な魔術師たちにより歴史が紡がれてきた。

魔法大戦
五百年前〈紅の魔女〉〈黒の魔王〉〈白の賢者〉の三人の魔術師によって引き起こされた戦争。中でも勇者を殺した〈紅の魔女〉は〝この世界で一番悪い魔女〟として忌み嫌われている。

トネリコの勇者
四人の仲間とともに三人の魔術師を打倒し、魔法大戦を終結させた歴史上の存在。その物語はおとぎ話や童話の絵本となって広く親しまれている。

救世主伝説
ルスキア王国に伝わる伝説。メイデーアに危機が訪れた時、流星群を福音として異世界から〝救世主〟が現れ、世界を救うという。トネリコの勇者もその一例とされる。

四光の紋章
救世主伝説に語られる、四人の仲間〝守護者〟であることの証。救世主が現れた時、選ばれし者の体に刻まれる。

ヴァベル教
メイデーアで最も古く、最もメジャーな宗教。世界樹ヴァビロフォスを信仰する。

ルネ・ルスキア魔法学校
古の魔術師〈白の賢者〉によって創設されたとされる教育機関。多くの精霊に守られている。

属性と申し子
世界を構成する魔力。主に【火】【水】【氷】【地】【草】【風】【雷】【音】【光】【闇】に分類される。また各属性に愛された存在を〝申し子〟と呼び、精霊の加護や特異な体質を備えている。

精霊・使い魔
世界の魔力の具現体。動物や植物、自然に宿り、神秘を体現するものたち。精霊そのものを召喚し契約することで、使い魔として使役することもできる。

魔物
主にメイデーアの北部に生息する魔法生物の通称。人類に害をなす敵とされ、かつては〈黒の魔王〉が従えていた。

魔法道具
特定の魔法効果を発動するアイテム。一つの道具にできることは限られているが、魔術師以外でも扱うことができる。

俺の名はトール。


五年前のカルテッドの闇市――あの日、あの時、あの場所で。

俺はお嬢に出会い、奴隷の身分から救い上げられ、トールという名前を頂いた。

そして、それ以前の自分を捨てた。

名前だけじゃ無い。両親に売られた過去も、生きるためなら何でもやった奴隷時代の、醜い、汚い、自分ごと。

これはチャンスだ。世間知らずの貴族のお嬢様をちょっとばかり誑《たぶら》かし、オディリール家に取り入って、底辺から成り上がってやろう。

俺は毒だ。この顔も、体も、声も、全てが偽りに満ちた、甘く黒い毒。

決して善人ではなく、腹の底に捻《ひね》くれた黒いものを抱えている。

昔から要領だけは良く、少しばかり努力すれば、何だって出来た。

魔法も剣術も。

貴族と関わる人間としての身の振り方だって。

だから俺は、オディリール家で学んだこと全てを自分のためだけに吸収し、強《したた》かに身につけていった。

だが、俺を買ったマキア・オディリール嬢は、俺以上に強烈な劇薬だったのだ。

それこそ、俺の毒をも中和し、消し去ってしまうような。

彼女はいつも俺を連れ、トール、トール、と自分のつけた俺の名を呼んだ。

俺に、俺自身の可能性を唱え続けた。俺の存在を、魔法の才能というものを、最初から疑うことなく認めていた。

俺もまた、彼女を〝お嬢〟と呼んでいた。最初はからかってそう呼んでいたのだが、お嬢は俺がそう呼ぶのを、嫌いではないと言っていた。

俺たちを繋《つな》いでいたのは、魔法だった。

魔法を学び、お互いに競い合い、お互いに努力する。

それほど頑張らなくても、お嬢の場合は魔女としての将来は保証されているだろうに、とにかく彼女は、いつも一生懸命で、努力家だった。

大胆なのに繊細で、情に厚く、泣き虫で……

そんなお嬢の姿を見ていたら、少しずつ少しずつ、俺の中の野心や、捻くれた毒が溶かされていく。

なぜ、お嬢はそんなに頑張るのだろう。

なぜ、お嬢は俺に食らいついてくるのだろう。

なぜ、お嬢は俺を、側《そば》に置いてくれるのだろう。

俺のことを必要とし、これほどまでに、大切にしてくれるのだろう……

彼女と過ごすデリアフィールドの穏やかな日々の中で、俺はいつも疑問に思っていた。

だって、俺という人間は、本来ただの奴隷だった。

見た目のせいか、変わった瞳《ひとみ》の色のせいか。

俺の顔だけを気に入って、側に侍《はべ》らす人間は星の数ほどいたが、魔法の才能を見抜き、日向《ひなた》の世界に導いてくださった人は、この世界でただ一人。

あの方は、この世界で一番悪い魔女の末裔《まつえい》でありながら、誰より純粋で一途《いちず》で、まっすぐ過ぎる女の子。

だから俺は、俺も気がつかないうちにすっかり毒気を抜かれて、ずっとあの方のお側にいたいと願うようになっていた。

ずっと必要とされていたい。

たとえお嬢が、どこぞの貴族の次男坊なんかと婚約したり、はたまた魔法学校で出会った男子生徒を愛したりして、俺ではない誰かと、結ばれたとしても。

『それは、どこぞの次男坊ではなく、トールでは駄目なの？』

だが、お嬢は俺を求めた。俺を家族にしたいと言った。

あの時の、驚きと胸の高鳴りを、俺は決して忘れることなどないだろう。

オディリール家の旦那《だんな》様もまた、俺をマキア嬢の婿養子にするつもりだったようだ。

俺は慌てた。速攻で拒否した。

理由は単純だ。俺のような人間が、オディリール家を侵食してはならないからだ。

特に、お嬢の花婿などあり得ない。そんな資格は毛頭無い。

俺は俺の毒を知っている。俺の汚《けが》れを覚えている。

何よりお嬢は、俺に愛着すらあれど、本当の恋をしている訳ではない。お嬢は箱入り娘で、俺以外に同世代の異性を知らない。

当初のように、俺に成り上がってやろうなどという野心があったなら、ニヤリとほくそ笑んで速攻で引き受けるような、ありがたい話だ。

だけどオディリール家は、すでに俺にとって大事な居場所になっていた。

お嬢は、俺にとって、この世界で一番大切な人だった。

俺がオディリール家の婿養子を引き受けることがあったとすれば、それは、俺自身が自分の汚れを清算し、その資格を十分に満たせたと思った時だけ。そして、世界の広さを知ったお嬢が、それでも俺を選んでくれた時だけだ。

そうでなければ、たとえ望まれていても、俺自身が許せない。

後の魔女男爵《バロネス》であるお嬢の隣に立つ男が、ただの奴隷の成り上がりではいけない。

それは悪名高いオディィリール家を、一層貶《おとし》める事態だからだ。

身の程知らずなことを望んではいけない。

望んではいけない。……お嬢を、欲しいなど。


そして、あの、星降る夜。

俺の胸元に紋章が現れた。

苦しみ悶《もだ》え、お嬢の声が遠ざかる中、俺は……心臓を鎖で縛られるような、妙な束縛感に襲われていた。

救世主の降臨。そして守護者の選出。

いったい誰が、こんな厄介な仕組みを、この世界に組み込んだのか。

運命とか宿命とか、はっきり言ってどうでもいい。そんなものいらない。

それでもメイデーアの救世主伝説は実在し、俺は異世界からやってくる救世主とやらの、守護者に選ばれてしまったのだ。

最初はこの役目を拒否した。

本来ならば身に余る光栄な話らしいが、お世話になったオディィリール家を離れ、見知らぬ異界の人間に忠誠を誓うなど、俺には到底できそうになかったからだ。だが……

『この役目を拒否すれば、オディリール家の人間たちが、王宮により罰せられるかもしれないよ。これはそういう案件だ』

そう、ビグレイツ公爵が耳元で囁《ささや》いた。

あの狸親父《たぬきおやじ》は、これを告げれば俺が拒否できないとわかっていた。

――運命からは逃げられない。

だから俺は、あの日、あの瞬間、心に決めたのだ。

『旦那様。俺が守護者となり、成果を挙げたあかつきには、再びオディリール家に迎え入れてくれますか？』

もう一度、お嬢の側にいるチャンスを、与えてくださいますか。

俺はそう、オディリールの旦那様に問いかけた。

お嬢の元を離れるのは辛《つら》い。だけど、たとえどれほど時間が経《た》っても、オディリール家の婿養子にふさわしい人間になって、俺は再びあのデリアフィールドに戻る。

『……勿論《もちろん》だとも、トール。君はオディリール家の、家族の一員だ。君の帰るべき場所はデリアフィールドにある。私とマキアのもとにある。いつまでも待っているよ』


オディリールの旦那様のお言葉は、今でも俺の胸に刻まれている。

あの方は貴族でありながら、俺のような奴隷を差別することなく、ただ純粋に、俺の努力と能力を認めてくださっていた。多分、本当に、俺を我が子のように大切に思ってくれていた。

だからこそ俺は、おとなしく守護者の役目を引き受けた。

俺が役目を終えて帰った時、もしかしたらもう、お嬢の隣には別の男がいるかもしれない。というか、その可能性はとてつもなく高い。

それを考えると、今まで感じたことのない絶望感と喪失感に襲われ、俺の中の毒が再び漏れ出て、器を一杯にして溢《あふ》れ返ってしまいそうだったけれど、歯を食いしばって堪え続けた。

俺が守護者として結果を出すこと。

それがきっと、オディリール家への一番の恩返しになるのだと信じて。

王宮騎士団に入ってからも、俺は時々デリアフィールドの方向の空を見上げ、考えた。

お嬢は、今、何をしておられるのだろうか……

アイリ様に仕えるようになってからも、会えないからこそ、お嬢のことばかりを考えていた。

アイリ様は、お嬢とは真逆の女の子だった。

異世界からやってきた、特別な少女。

人懐こい性格で、輝かしい力を有し、突拍子のない言動や行動すら、周囲には神秘的に映る。

まさに、誰もが望んでいたような、理想の救世主だ。

だが俺は、アイリ様には少し違うものを感じていた。

表向きこそ明るく光り輝いているが、アイリ様の内面はどこか脆《もろ》く、繊細なガラス細工のようだ、と。

そう、どこか……俺に近い、仄暗《ほのぐら》い影を秘めている気がする。

異世界から突然召喚され、救世主などという荷の重い役目を背負わされながらも、自覚を持って健気《けなげ》に励んでおられたし、そういったアイリ様のお姿には俺も感心していた。

しっかりお守りしなければと思っていた。そこに、仕事という感情以上の、熱烈な忠誠心などなくても。

決して、アイリ様が悪いわけではない。だけど、俺は……

どうしても、マキアお嬢様への想《おも》いを、忠誠心を忘れることなどできなかった。

今まで、俺にとっての〝主人〟は数多くいたが、彼女だけを忘れられない。

いつか武功を挙げ、オディリール家に胸を張って帰れる日を夢見て、俺は守護者の仮面を被《かぶ》り続けた。


『へえ。以前はデリアフィールド男爵のご令嬢に仕えていたのかい？　クールなトールにも忠誠を誓った姫君がいたんだな』

『……姫というか、大胆不敵な魔女令嬢でしたが』

『アッハッハ。君にとっての姫が魔女令嬢だというのも、面白い話じゃないか』

王宮騎士団副団長のライオネルさんとは、守護者としても、上司と部下としても、よく仕事で一緒になったから、少しだけお嬢の話をした事がある。

『実は俺にも、結婚を約束していた幼馴染《おさななじみ》の恋人がいたんだ。俺が守護者に選ばれた時、彼女はずっと待っていると言ってくれたが、彼女の両親がそれに反対してね。当然だ。いつ役目を終えるのかわからない男だ。彼女は両親のために、もうすぐ他の男と結婚するらしい。そう、地元の友から話を聞いたばかりだ……』

いつも気丈で、弱いところなど見せないライオネルさんが、この話をする時は、肩を竦《すく》めて切なそうにしていた。

守護者とは、身も心も、救世主のためにある。

だが、それまでに培った様々な絆《きずな》を引き裂かれ、傷を抱いた者たちが、突然現れた救世主を真に想うなど難しい。役目として割り切ることは出来ても、それだけだ。

そこのところを、王宮の人間も、アイリ様でさえも、履き違えておられるような違和感を、俺は常々感じていた。

そして、俺がオディリール家を離れて二年後。

俺とお嬢は、思いのほか早くに再会を果たす。

夏の舞踏会の夜、大人びたお嬢が、俺の前に現れたのだ。

燃えるようなあの赤髪を、見間違うはずがない。

だが、お嬢は俺から逃げるように大広間から走り去った。

俺もまた、逃げるお嬢を必死に追いかけ、走った。途中でお嬢が落とした靴を拾ったりして、薔薇園《ばらえん》で捕まえた。逃してたまるものかと、必死だった。

『あのね、トール。私、あなたに会いに、ここに来たのよ』


彼女は俺に会うために、頑張ったのだと言った。海色の大きな瞳《ひとみ》を涙で煌《きら》めかせながら。

泣き虫なのは変わらない。

だけど、ああ……。なんて美しく、可憐《かれん》なレディに成長したのだろう。

グッと胸を締め付けられ、その瞬間、俺の中に隠し続けていた黒いものが顔を出す。

欲望という名の、黒いもの。

お嬢が、俺を求めてここまで来てくれたことが、想像以上に嬉《うれ》しかった。

それと同時に、守護者の仮面が、ポロポロ、ポロポロと剥《は》がれ落ち始める。

今までソツなくやってきたのに、お嬢という存在を前にしてしまっては、偽ることすら苦しくなる。我慢していた二年間の想いが破裂するかのように、堰《せ》き止《と》められない感情が零《こぼ》れ落《お》ちだしていた。

その一方で、お嬢は確実に、俺から自立していた。

俺の居ない間に、強く逞《たくま》しい女性になっていた。

あの、舞踏会の夜のことは忘れられない。お嬢は、先祖である〈紅《くれない》の魔女〉の驚異的な魔法を使い、俺とアイリ様、そして舞踏会にいた者たちを守ってみせたのだ。

あの時のお嬢は、俺の知らないお嬢だった。

俺が側にいない間に、お嬢に何があったのだろう。

確かにお嬢は、魔法学校という環境の中で、ご友人やライバルなど他の繋《つな》がりを得て、新しい世界を築いている。

時折俺は、精霊のグリミンドに乗ってルネ・ルスキアを上空から見回ることがあるが、見つけたお嬢は、いつも班員の者たちと一緒にいて、笑顔で、楽しげにしていた。

そんなお嬢の姿にホッとしつつ、俺は少しばかり、焦燥にかられる。

このままでは、いつか。

お嬢が、俺を必要としなくなる日が来るのではないか。

俺がいなくても、お嬢はなんとかやっている。

友人もライバルもいて、魔法学校という環境の中で、俺ではない別の誰かと日々を過ごし、励んでいる。むしろ俺のような存在が居ないからこそ、同列の者たちと同じ速度で、力を育《はぐく》むことができるのかもしれない。

お嬢が、今でも俺を大切に思っていることは知っている。

だけど、俺だけがかつての居場所を、関係を、取り戻したがっているかのようだ。

守護者として頑張っていれば、あの頃のように、もう一度お嬢の隣に立てる日が来ると思っていた。また、毎日のように、トールという名前を呼んでもらえると……

だけど、お嬢はもうずっと先へ行っていて、そんなものは望んでいないように思う。

俺に会うという目標を達成し、すでに前を向いて歩いているのだ。

そもそも、俺はお嬢の、何を知っていたというのだろう？

あの時、ディーモ大聖堂で、お嬢はアイリ様に告げたのだ。

自分の〝前世〟なるものを。

更には、時を見計らったように、あの男が、お嬢の前に現れた。

――カノン・パッヘルベル将軍。

前世でお嬢を殺したという金髪の男。あの男に対する恐怖が、お嬢をあんなに怯《おび》えさせている。

あの男は一体なんだ？

人の死を多く見てきたような、底知れぬ眼光を帯びた、赤い瞳だった。

そもそもお嬢の前世とは何だ？　あの男がお嬢を異世界で殺したならば、なぜ今、フレジール女王の配下で、将軍なんてやっている？

なぜあいつは、再びお嬢の前に現れた？

お嬢には、お嬢すら知らない〝秘密〟でもあるというのか？

紅の魔女の末裔《まつえい》――異世界からの転生者――泣き虫なマキアお嬢様――……

どの要素が、彼女を苦しめている？

それともこれらは、全て、何かしらの見えない糸で繋がっているとでもいうのか。


世間が救世主の少女・アイリ様に夢中になっている、その後ろで。

何かが静かに、厳かに、動き始めている気がする。


例えば、青の道化師がお嬢を帝国側に引き入れたがったように、お嬢には守護者であること以外に重要な何かがあるのではないだろうか。

お嬢が何者であろうとも、俺にとって一番の特別は、今も変わらず、お嬢だ。

お嬢に害をなす人間がいるのであれば、それが敵国の魔術師や、同盟国家の重鎮であったとしても、俺は絶対に許さない。

俺はお嬢を守るために、お嬢を取り巻く異様な予感のようなものを、知らなければならないと思う。

だから俺は、このルスキア王国で最強と謳《うた》われる魔術師ユリシス殿下に、相談した。

『なるほど。もっと強い力が欲しい、ですか。それならば今学んでいる〝秘術〟を、確実に会得しなさい。空間魔法の素質が、あなたにはあるはずなのです』

俺は、ユリシス殿下に、ある魔法の習得を命じられていた。

ユリシス殿下は、なぜだか俺に〝空間魔法〟の素質があると信じている。

空間魔法を生業《なりわい》とするトワイライトの一族というのがいるらしいのだが、どうにも俺は、その一族と似た特徴を備えているらしい。

黒髪、すみれ色の瞳、高い魔力——

ユリシス先生は、俺にトワイライトの一族の血が流れているとでも思っているのだろうか？　トワイライトの一族というのは、三大魔術師である〈黒の魔王〉の末裔でもあるらしいのだが……

妙な話だ。俺は確かに、フレジール皇国の貧困街で生まれた、下賤《げせん》な身の上だ。

そんな崇高な魔術の一族と血縁関係にあるなど、ありえない。

しかし、俺に空間魔法の指導をしてくれているレピス・トワイライト先生は、ユリシス先生がそう思ってしまうのも無理からぬほど、俺に似た特徴と、どこか懐かしい空気を備えていた。

空間魔法と錬金術を融合させたトワイライトの〝秘術〟。

これが死ぬほどしんどい魔法だが、いつか必ずお嬢を守る力になると信じて、レピス先生のスパルタ指導に耐え抜きながら励んでいる。

レピス先生は、ルネ・ルスキア魔法学校ではお嬢のルームメイトである。

口数の少ない方だが、時々お嬢の話をしてくれる。いい友人関係を築かれているようで、お嬢の話をしてくれる時は優しげな表情をしているが、空間魔法の修業となると、途端に厳しくなるのが、レピス先生だ。俺は何度か、修業中にぶっ倒れた。

そして、なぜだかよくわからないが、この秘術を行使してぶっ倒れている間は、必ずと言っていいほど同じ夢を見る。

雪山に佇《たたず》む、城の夢。

城の尖塔《せんとう》の先に、ドラゴンがいる。

あれはグリミンドか……？

いや、グリミンドによく似ているが、遥《はる》かに大きな野生のドラゴンだ。

城の向こう側——

黒いマントの男が、雪の積もった丘の上に佇んでいる。

ドラゴンは飛び立ち、その黒いマントの男の前に降り立つと、首を垂れる。

あの男は、誰だ。

男がこちらを見て、何かを告げる。

だが、そう。いつもここで、夢から覚める。

あの男のセリフは、決まって「帰れ。ここはお前の来るところじゃない」だった。

＊

アイリ様との接触を禁じられている間、俺は必死に、秘術の習得に励んでいた。

その間、ギルバート王子とフレイ王子の兄弟喧嘩《げんか》を、お嬢と共に解決したりしたが、アイリ様は相変わらずお部屋に引きこもっておられる。

お嬢のカミングアウトが、アイリ様に大きなショックを与えたようだが、このままだと彼女はもう、救世主として役目を果たすことはできないかもしれない。

多分、俺にアイリ様を救うことはできない。

ユージーン・バチスト卿《きょう》の件でも思ったことだが、結局、忠誠心と言うものは培われるもので、星の宿命などによって、どこからか湧いて出るものではないのだ。

アイリ様が、この世界と、そしてお嬢と向き合うことができなければ、彼女は多分、真に自分を思ってくれる人間を、見つけることはできないのではないだろうか……

そんな、ある初雪の日。

アイリ様が王宮から失踪《しっそう》した。

何者かによる救世主拉致《らち》の可能性を想定し、俺は魔法学校のアトリエにいるお嬢を呼びに行き、共にアイリ様を捜したが……彼女は意外とすぐに見つかる。

というのも、お嬢の班員の鷹《たか》の精霊が、アイリ様の居場所を知らせに来たのだった。

どうやらアイリ様は、お嬢がいつもいるガラス瓶のアトリエにいるらしく、俺たちはグリミンドに乗って、あのアトリエへと戻った。

アイリ様は温かなアトリエのソファで、ぐっすりと寝ておられた。

「アイリ、大丈夫!?」

「アイリ様、アイリ様」

お嬢と俺が、彼女を軽く揺すって起こそうとしたが、アイリ様は目を覚まさない。

「マキアごめん。この子がマキアの隠していた米を、全部食べてしまったよ」

アトリエにいた男子学生ネロ・パッヘルベル曰《いわ》く、アイリ様は米をたらふく食べた後、勝手にここで寝てしまったらしい。

心配したが、どうやら本当に、ただ深く眠っておられるだけのようだ。

「お嬢。俺、アイリ様を王宮へと連れて行きます」

「ええ。お願いね、トール」

俺はアイリ様を抱きかかえ、ガラス瓶のアトリエを出た。

浜辺に下りて、そこで待たせていたグリミンドに乗る時、

「トール」

アイリ様が俺の名を囁《ささや》いた。

「アイリ様。目覚められたのですね」

「……うん」

目覚めにしては、どこか、しっかりした目をしている。

もしかしたら、少し前から起きていたのかもしれない。

「ねえ。トールは……何にも覚えていないんだよね」

「え……？」

いったい、何の話だろう。

アイリ様の言葉の意味が理解できず、俺は何も答えられずにいたのだが、

「ねえ、トールは、マキアが好き？」

アイリ様はもう一つ問いかける。じっと俺を見つめて。

彼女がそう問う理由はわからない。だが、

「ええ。お嬢は、この世界で一番、大切な人です。身の程知らずの……恋情を抱いているのだと、思います」

俺は、嘘偽《うそいつわ》りなく答えた。

自分でその想《おも》いを言葉にしたのは、初めてだったかもしれない。

だが、アイリ様には、もっと早くに言っておくべきことだった。

「……そう。だったらそれ、早くマキアに伝えた方がいいよ。あたしが、あの時みたいに、バカなお節介しでかす前にさ」

アイリ様は、怒るでも呆《あき》れるでも、悲しむでもなく、謎めいたことを淡々と述べていた。

そして、遠い海の向こう側を見据えて、力強く瞳《ひとみ》を煌《きら》めかせている。

アイリ様を取り巻く空気が、少し、変わっている気がした。

第一話　期末試験（上）～特待生候補たち～

アイリが王宮から消えた日。

この私マキア・オディリールもまた、王都をあちこち駆け回っていたのだが……

夕方、同級生のネロの精霊フーガが私のもとに飛んで来て、魔法学校のガラス瓶のアトリエにアイリがいると知らせてくれた。

どうしてそんな場所にと疑問ばかりだったが、私はトールと共にルネ・ルスキアへと急行する。

「ほんとだ。アイリがいる……っ」

アイリは、私たちガーネットの9班の班員たちがよく寛《くつろ》いでいるソファで横たわり、ぐっすりと寝ていた。

お騒がせにも程がある。

しかし救世主の少女が無事に見つかったとあって、私たちは安堵《あんど》していた。

「アイリ様を保護してくださり、感謝致します」

「……別に。その子がいつの間にかここにいただけだよ」

トールがネロに礼儀正しくお礼を言い、ネロはいつもと変わらずあっさりとした反応を返す。そしてこの二人が会話しているのを、新鮮な目で見る私。

ギルバート王子やライオネルさんが心配しているだろうからと、トールはアイリを抱き上げ、このアトリエを出て、すぐに王宮へと連れて帰った。

アイリは泣いていたのか目元が腫《は》れていたが、その表情はどこか安らかだった。

ネロに聞いたところ、アイリはどうやら私に会いに、ここへ来たらしい。

そして、ここで梅干しとツナマヨのおにぎりを作って、炊いた米を全部平らげてしまったらしいのだが……

「ツナマヨ、か」

私は、アイリの残した走り書きの意味を、もう一度考えていた。

きっとアイリは、私が小田一華《おだかずは》だった頃の記憶を試したかったのだろう。

それは、私たちが友人になったきっかけでもある、大好きな〝おにぎりの具〟だった。

「ギギギギー、ギシャー」

翌朝。疲れた私が寮の部屋でぐっすり寝ていたところ、青い鬼火の魔物ウィル・オ・ウィスプの、半端なく耳障りな叫び声で目を覚ました。

「ストップストーップ。レピスも起きちゃうでしょ！」

もっぱらこれが、私の最近の目覚まし時計だ。

私は飛び起きて鬼火を黙らせようとしたが、ヤツは急に大人しくなって、鳥かごの中でハムスターに擬態した姿のまま震えている。背後を振り返ったら、私の精霊のドン助とポポ太郎が窓辺にちょこんと並んでいて、真顔で睨《にら》みを利かせていた……

隣のベッドを見ると、同室のレピスはすでにいない。

私が寝室を出ると、レピスは洗面台の前で髪を結っていた。

「あれ、レピス早いのね。今日も朝からバイトなの？」

「ええ。すみません、起こしてしまいましたか？」

「いいえ。起きたのはうるさい目覚まし時計のせいだから……」

最近は試験前で授業数が少なく、生徒たちは自室か図書館かよく使うアトリエなんかで自習をしていることが多いのだが、レピスは試験勉強よりアルバイトの方が大変そうだ。

「ねえ。前に、魔法の家庭教師のバイトって言ってたけれど、生徒は受験前か何かなの？そろそろ気になってきたわよ、私」

時期的に、ここルネ・ルスキアの受験生の面倒でも見ているのかな、と思っていたのだが、レピスは首を振り、どこか視線を逸《そ》らしがちに呟《つぶや》いた。

「きっと……もうすぐ分かると思いますよ」

意味深な物言いだったが、レピスはこれ以上何も告げず、ささっと用意をして、部屋を出て行った。朝ごはんはちゃんと食べたのかしら。

さて。かくいう私も、試験前だというのにエスカ司教の呼び出しだ。パンを咥《くわ》えて部屋を飛び出すなどというベタなことをして、走って学園島の礼拝堂へと向かう。そこには、清廉な司教服を纏《まと》った灰色の髪の司教様が、不機嫌な顔して祭壇の上にドカッと座り込んでいた。

「遅《おせ》えぞ！」

そして私を怒鳴りつける。このエスカという人は、十分前行動が徹底しすぎていて、基本的には私の方が遅くに来てしまう。

この人ほんと、悪人みたいな口調と顔面をしておきながら、色々と几帳面《きちょうめん》すぎるのだ。

「きっと司教様のことだから、昨日のことはご存じでしょう？　だから今日はちょっと疲れてて、眠くってー」

「うるせえ。救世主の家出とか全く興味ねえ。おめーが疲れてるとか、そんなのもどうでもいい」

「期末試験も来週に迫っているんです」

「同時並行で頑張れや」

エスカ司教は、白けた顔して耳の穴をほじってる。

まあ、わかってましたとも。言ってみただけですとも。

なぜ朝っぱらから、こんな不良司教に呼び出されたかというと、この人は私に、魔物との戦い方を教えてくれているのだった。

「ボサッとしてんじゃねえ、さっさと対魔物の戦闘訓練を開始するぞ。で、おめー、以前俺様の教えたやつはできるようになったかよ?」

「手のひらに炎を留《とど》める、無詠唱の魔法ですか?」

「そうだ。棒立ちであーだこーだ呪文《じゅもん》を唱えているルスキア王国の魔術師じゃ、獣の速さを持つ魔物に対応しきれねえ。例えばおめーが、一人で魔物に遭遇した場合、速効性のある無詠唱の魔法が一つあるといい。そう、俺様は言ったな?」

「……はい」

そうだ。エスカ司教はしばらく私に、銃器の使い方や身を守るための体術、ちょっとした魔法を利用した身のこなし方などを教えてくれていたが、それらがある程度できるようになったからか、今は無詠唱で使える魔法を一つ、私に指導してくれているのだった。

そう言えば……以前ネロが、今後は魔法も速さが重要になると言っていた。

もしかしたら他国では当たり前のことなのかもしれない。

生きるか死ぬかの瀬戸際で、呪文を悠長に唱えている魔術師を、待ってくれる魔物なんていないでしょうし。

私にとって最も体に馴染《なじ》んだ魔法は、当然【火】属性の魔法だ。

熱体質と相俟《あいま》って、最も自然に使える。

エスカ司教はそこに目をつけ、手のひらに熱を込めるだけでなく、攻撃力のある炎を纏わせる魔法を、無詠唱で使えるようになれと私に言っていた。

私は一度深呼吸をして、手のひらに炎のイメージを作る。

少し力むが、無詠唱で手炎を灯《とも》すことはできた。しかし、

「ただ、炎がボワッと大きくなっちゃうんです。これだと使いづらいかもしれないなって」

「そうだな。炎をもっと小さく、それでいて火力を上げられれば、戦闘において応用が利く。大鬼《オグル》であれば特に有効だ。とっさに手のひらに炎を纏う事ができれば、それだけであいつらはお前に怯《ひる》むだろう」

小さくて、火力のある炎……か。

夏の舞踏会で〈紅《くれない》の魔女〉の魔法を使った時、私はおぼろげな意識の中で、黒幕だったグレイグス辺境伯に向けて、自分の手のひらですくい上げた小さな炎を差し向けた。

それは炎というには静かすぎて……

生まれたての星のように煌々《こうこう》と輝く、洗練された〝炎のひと雫《しずく》〟のようだった。

あのような炎のイメージが、大切なのだろうか？

「オラオラ。休んでんじゃねえ。繰り返す事で体に馴染ませろ。寝ていてもそれができるようにな！」

「寝てる時にやっちゃったら、女子寮が火事になりますって」

「ったくだらしねえな。熟練の火の魔術師は、燃やしたら困るものは燃やさねえんだよ。無意識下でもな！」

「へ？　そうなんですか？」

そんなの、見たことも聞いたこともないのだが。

「……仕方ねえ。俺が手本を見せてやる」

私がいまいちピンと来てない顔をしていたからか、エスカ司教は祭壇から降り、自分の手のひらに炎を纏ってみせる。

それは、しっかりと手の周囲に張り付いた、洗練された炎だとわかる。私の炎みたいにボワッと広がって揺らついていない。

エスカ司教は炎を纏った手で、礼拝堂にあった長椅子に触れた。

一見、司教にあるまじき行動に思えるが、炎を纏った手で触れても、その椅子が燃える事は無かった。

真に【火】の魔法を操るという事は、こういう事なんだろう。

「炎で燃やしていいものか、よくないものかは、己の理性と、潜在意識に刷り込まれている記憶が頼りになる。大切なものを、炎の大掛かりな魔法で巻き込むことが無いよう、熟練の火の魔術師が至る境地だ。これができるようになるには、単純なようで、かなり修業が必要だ。オメーがいくら【火】の申し子でも、ここまでできるようになるのは、もっと時間がかかるだろうな」

「という事は、やっぱりエスカ司教は、熟練の魔術師なんですね」

「ったりめーだろ。俺様は全てのエレメンツをこのレベルで使える」

「エレメンツの中では、特に何の属性が得意なんです？」

「……【光】だな」

少し、妙な間が空く。

「ま、俺様は天才だからな。生まれた時から全てを理解した神童であった！」

憎らしいほどのドヤ顔で、話をまとめた。

だが、戦い方を教われば教わるほど、この人が只者《ただもの》では無いという事も、私はとうに理解していた。

なんだかんだと言って面倒見がいいし、ガサツそうな割りに、教え方も上手《うま》く細かい所によく気がつく。

どこか、ユリシス先生と同じものを感じる。

いや、顔も性格も全く似てはいないんだけど、何となく。


その一週間後。

いよいよ、ルネ・ルスキア魔法学校では後期の期末試験が始まった。

五つの主要教科において筆記試験や実技試験が行われ、我々はこの試験をもって、第一学年の課程を修了し、年間の総合成績をつけられる。

五つの主要教科とは、
・魔法薬学
・魔法世界史
・エレメンツ魔法学
・魔法体育
・精霊魔法学
である。ちなみに【精霊魔法学】のユリシス先生の出す試験問題が、筆記においても実技においても、最難関とされているのだった。

後期期末試験一日目【魔法薬学】――

筆記試験は暗記がメインなので、努力次第でなんとでもなる教科だ。

ただし実技試験はそうもいかない。得意不得意が分かれやすく、センスが問われるのが、魔法薬学の実技試験である。

私はもともと魔法薬の調剤を実家で学んできているし、ぶっちゃけ得意なので心配はしていない。

ただ、蛇のようにいやらしくねちっこいメディテの叔父《おじ》様が、どんな問題を出してくるか、が問題だ。

メディテの叔父様、もとい魔法薬学のメディテ先生が魔法薬調剤室にやって来て、実技試験で集まる生徒たちに向かって、問題を発表した。

「魔法薬学の実技試験は、以下の状況で必要とされる魔法薬の調剤だ！　さあ、頑張れ生徒諸君！」

【問題】

ルスキア王国の北ガルプス山脈の山中で、あなたの仲間が毒ヘビ〝ラグルコブラ〟に噛《か》まれました。最も効果的な魔法薬を、一時間以内に処方しなければ仲間が死んじゃいます。

持っているのは〝白粉末№.3〟のみ。制限時間内に薬が作れそうであれば、山中で他の材料を集めることでもできます。さあどんなお薬で解毒する？

魔法薬学の実技試験は、いつも加点方式だ。

正解の魔法薬がいくつかある中で、どの魔法薬を選択したか、作った魔法薬の品質はどうか、などを細かくチェックされ加点されていく。

持っている材料とは、試験問題に明記されている〝白粉末№.3〟と、皆に平等に配られた様々な素材が入った白箱だけである。

要するに、この白箱の中に入った材料のどれかを使って、各自で問題文の答えとなる魔法薬を調合しなければならない。

ただし、この白箱の中にもきっと、北ガルプス山脈の山中で手に入る材料と、入らない材料が交ざっている。このひっかけに要注意。

魔法薬の難しいところは、地理にも詳しくなければならないところだ。

「……ラグルコブラの毒、か」

それは、ルスキア王国内の山地や岩場に棲《す》み着いている超危険な毒ヘビである。

実は、私のお母様が従えている蛇の精霊もラグルコブラの姿をしている。

通常ラグルコブラに対する解毒薬は〝ラグルの解毒薬〟という専用解毒薬があり、おそらくこれを作る生徒が大半だろう。

ラグルの解毒薬は、山中では高確率で手にはいる〝チセの実の種〟と〝カリャ草〟を選んで、問題文にあった〝白粉末№.3〟をひとつまみ加えて魔法薬を調合すればいい。ただし、この薬は煮出すのに時間がかかり、制限時間ギリギリと言うリスクがある。

「そもそもあの叔父様が、こんなに簡単な問題を出すものですか。ラグルの解毒薬も間違いじゃないでしょうけれど、必ず〝もっと良《い》い答え〟があるのよね」

私はクスッと笑って、配られていた箱の中身を確かめる。

まず、この問題で注目すべきポイントは〝ルスキア王国の北ガルプス山脈の山中〟という部分である。

実は北ガルプスの山中に棲まうラグルコブラの毒にのみ、もっと最適な解毒方法があるのだった。

「……あった。ふふふ、これよこれ」

私は材料の入った白箱の中より〝山クジャクの血〟の小瓶を取り出し、作業台の上で小瓶の蓋《ふた》を開けて、〝白粉末№.3〟をひとつまみ混ぜ、呪文を唱える。

「メル・ビス・マキア――作用を解毒に限定せよ」

かけたのは、薬による副作用を封じる魔法だ。〝白粉末№.3〟とは、魔法薬の副作用を抑えるための材料と言っていい。

材料を薬研《やげん》で挽《ひ》いたり混ぜたり、鍋《なべ》で煮込んだりの過程を経ることなく、一つの呪文《じゅもん》だけで解毒薬が完成する。要するに、これであれば短時間で薬を作ることができる。

私はそれを、悠々と提出箱に提出して、魔法薬調剤室を後にした。

私と同じことを考えている生徒たちは、皆とても早く提出し、退席している。

さて。どういうことかと言いますと……

「北ガルプスの山中には、歩けばすぐ見つかるほどの山クジャクが繁殖しているのよね。なんてったって山クジャクの血には、ラグルコブラの血を無毒化する効果が、あらかじめ備わっているのだから……」

誰もいない廊下で、一人でブツブツ、ブツブツ、と。

北ガルプスの覇者たる山クジャクは、ラグルコブラを捕食することから、その血にラグルコブラの毒を無効化する成分があると、ここ最近の研究で判明した。

実を言うと、私自身も、ラグルコブラの毒が効かない体質だ。

ここでちょっと、どん引きされる話をしよう。

我がオディリール家の男爵夫人（私のお母様）は、魔法薬の名門メディテ家を出自とする。魔法薬学教師のメディテ先生の実の姉だ。

メディテ家の人間は、幼い頃よりあらゆる毒を少しずつ体に取り込み、その抗毒血清を体内で作る。要するにあらゆる毒が効かず、自分の体に流れる血肉や成分で解毒薬を作ることも可能なのだ。

実のところ、私も幼い頃より少しずつ毒に慣らされており、メディテ先生やお母様ほどではないにしろ、毒があまり効かない体質だ。たとえ効いても、他の人よりずっと軽症で済む。そのように育てられたし、それが可能な体質だった。

なので、例えば私が山中でラグルコブラに噛まれたとしても、きっとケロッとしているので、自分のためなら魔法薬を作る必要はないのである。ファイナルアンサー。

後期期末試験二日目【魔法世界史】——

魔法世界史は、暗記がメインの穴埋め問題と、歴史上の偉大な魔術師から一人選んで小論文を書くという試験が実施された。

一年生では、メイデーアの神話時代から、魔術師の時代における重要な〝三つの時代〟を勉強した。年表形式の答案用紙に、穴埋めで重要単語や人物名などを入れていく、ごく単純な試験だ。

担当教師のメアリー・エルリッヒ先生は授業中こそ厳しいものの、筆記試験は各々がちゃんと努力すれば誰でも高得点が取れるような問題を作るのだった。

厄介なのは、むしろ、小論文の方だろう。

私は最初、自分のご先祖様〈紅の魔女〉について書こうかと思ったが、なんかそのネタは卑怯《ひきょう》かもしれないという気がしたので、このルネ・ルスキア魔法学校の設立者である〈白の賢者〉をチョイスした。これはこれで安直すぎるかもしれないが。

ただ、第二図書館で〈白の賢者〉の直筆本を読んでからというもの、この賢者のことが妙に気になってしまい、私は個人的に調べていたのだった。


後期期末試験三日目【エレメンツ魔法学】——

この教科の筆記試験は、膨大な量の問題をマークシート方式で解いていく。

エレメンツ魔法学は、各エレメンツに一人教師があてがわれるほど、範囲の広い教科である。筆記テストの範囲も広大で、試験勉強で最も時間を奪われる科目なのだ。

その代わり、エレメンツ魔法学の実技試験は無いのだった。


後期期末試験四日目【魔法体育】——

私にとって、もっとも心配な科目である。

筆記試験もあるが、評価に関わる割合は少なく、やはり実技試験がメインとなる。

「なあに。難しい試験などしない。後期で新しく学んだ〝自己浮遊魔法〟と〝魔法壁〟の練度を調べる、ちょっとしたゲームだ」

学園島グラウンドに集められた私たちは、黄色のジャージが派手なフランチェスカ・ライラ先生に、さっそく試験内容を告げられる。

魔法体育の授業では、主に体力作りと、体幹作り、基礎的な魔法道具の使い方と、それに伴う体の動かし方を勉強してきたが、後期では新しく〝浮遊魔法〟と〝魔法壁〟の訓練をしてきた。〝魔法壁〟とは、守護壁魔法の通称だ。

先生のおっしゃる通り、魔法体育の後期試験で最も評価されるのが、この二つの魔法の練度なのだろう。

「物を浮かせる浮遊魔法より、難易度の高い〝自己浮遊魔法〟。その名のとおり、自分を浮かせ、思いのままに宙を飛び、移動する魔法である。かつて魔女や魔法使いは箒《ほうき》に乗って空を飛んだというが、今や自分の身一つで空を舞う時代だ」

そう。魔法使いにとって〝空を飛ぶ〟というのは、古くからあるオーソドックスな魔法である。

しかしその様式は時代ごとに変化しており、今や魔法も呪文も簡略化され、訓練方法も確立し、空を飛ぶ専用の魔法道具は必要ない。

要するに、箒で空を飛ぶ魔法使いのイメージは、もう古いと言えるのだった。

「また〝魔法壁〟は、魔法攻撃や打撃、狙撃などから身を守る魔法だ。今後、魔法兵を目指す者には必須である！」

ライラ先生は、学校のジャージ姿の生徒たちに向かって、魔法の拡声器で力強く宣言した。ライラ先生は王宮の魔法兵出身で、ルネ・ルスキアからも多くの魔法兵を輩出してきた敏腕教師である。

「というわけで、貴様ら、浮け。そして私の攻撃に耐え続けろ」

「へ？」

いつの間にか、ライラ先生の両傍《りょうわき》に、オートマトンが二体控えていた。

ライラ先生が説明することには、この試験は、オートマトンが放つ〝くっつき玉〟を浮遊魔法で自分の体を浮かせながら避《よ》け続ける、というものらしい。

ちなみに〝くっつき玉〟への攻撃はできないが、魔法壁による防御は認められている。

要するに、空中を飛びながら、いかに自分の体を守れるか、という試験だ。

体にくっついた〝くっつき玉〟の数によって点が引かれる減点方式で、最終的に残った点が自分の得点となる。

「しかし加点要素もある。魔法壁による防御、空中での身のこなしに光るものがあれば、私が独断と偏見でテ、ク、ニ、カ、ル、加点を行う」

「えええええー」

「文句を言うな。減点するぞ。さあ、試験開始だ一列に並べ！」

ライラ先生の掛け声で、生徒は一列に並び、順番を待った。

私たちガーネットの9班の中では、ネロがトップバッターである。

「大丈夫かしら、ネロ。あんまり浮遊魔法得意だったイメージが無いんだけど」

「ですが魔法壁は、ネロさんの十八番《おはこ》ですよ」

レピスの言う通り、ネロには何より速く展開できる〝魔法壁〟がある。

宙に浮かんだまま微動だにしないネロが、くっつき玉の猛攻を無数の魔法壁によって弾《はじ》いている姿は、ただただシュールだ。しかしあれもアリらしい。

「く……っ、全く動かぬ浮遊魔法など言語道断だが、減点もできない。魔法壁の強度と展開力は凄《すさ》まじく、守護型魔法兵として十分に機能しそうだ……」

ライラ先生がサングラスを光らせ、猛烈に採点をしている。

でも多分、ネロは魔法兵にはならないと思う……

次はレピスの番だった。レピスは浮遊魔法も魔法壁もそつなくこなす優等生で、体に付着したくっつき玉は、ネロと同様0個だった。

「わっ、すごいレピス！　流石《さすが》だわ！」

「まだ全然、余裕そうだな」

ネロの言う通り、あまりに余裕なのでもっと加点を狙っていけた気もするのだが、レピスはわざと、そこそこでやってのけたようにも見える。

皆に見られながらの試験なので、目立ちたがらないレピスらしいが……

「ところで、フレイがやけに大人しいんだけど」

こう言う時、人を茶化《ちゃか》してばかりのフレイが、今回に限っては私たちの後ろで大人しくなっていて、何かをボソボソつぶやいている。

「やべえよ……やべえよ……」

フレイは【地】の申し子のデメリットのせいで自己浮遊魔法が苦手だ。苦手どころか、きっと苦痛なのだろう。

しかもさっきからずっと、私のジャージの背中を摑《つか》んでいるぞ。

いやいや、私に縋《すが》られても助けてあげられませんから！

「次はフレイ・レヴィ！　さっさと出てこい！」

ライラ先生にいよいよ呼び出され、フレイはフラフラしながら前に出る。

ちょっと浮いて、ちょっと揺れる。

ただそれだけで真っ青な顔して地上に落下。

そのままグロッキーな感じに。かわいそすぎる……

「うむ！　お前は空中戦では即死してしまう。しかし悲観することはない。歩兵を目指せ！」

あのライラ先生にも、背中にポンと手を置かれ慰められる始末。

先生、その人一応、王子様ですから……

この後も次々に名前が呼ばれ、実技試験が皆の前で繰り広げられる。

ガーネットの9班以外で言うと、ガーネットの1班のベアトリーチェは慎重になりすぎて宙で体勢を崩し、結果として5個のくっつき玉に襲われ、大幅な減点を食らった。

彼女の執事君が、必死になって彼女の髪からくっつき玉を剝《は》ぎ取っていた。

「次、マキア・オディリール！」

きた。私の番だ。

こう見えて、自己浮遊魔法は割と得意だ。

魔法壁が少しばかり苦手だが、宙で動いて避けてしまえば問題ない。

ピー、と笛が鳴り、オートマトンから色とりどりのくっつき玉が放たれる。

「⁉」

ちょっと待って。最初の一発の、豪速球と言ったら！

真横を通り過ぎ、場外に吹っ飛んでしまったわよ。

「いや、ちょっと待って先生！　私だけ玉の速度、速くないですか⁉」

「そんなことは無い……多分」

いやいや、確実にオートマトンから放たれるくっつき玉が速い！　そして何気に多い！

これはあれか。

魔法体育の授業で、度々問題を起こした私への、先生なりの報復といったところか。

ここでいい得点を得られなければ、総合成績に響いてしまうというのに！

「はあ……っ、はあ……っ、水、水を……」

最終的に私の体にくっついた〝くっつき玉〟は3個であった。

加点のほどはわからないが、とにかく負けてはいられなかった。

「マキア、大丈夫か？」

ネロが差し出すボトルのレモン水を一気飲みして、呼吸を整える。

これでもエスカ司教なんかに散々しごかれ、かなり持久力をつけてきた方だが、今回は空中で散々動き回ったので、しんどかった。超しんどかった。

魔法って本当、体力がいる。

「おおおおおおっ、すげー」

そんな時だ。

私が隅でへばっていると、グラウンドの中心ではドッと喚声が上がった。

なんと、ガーネットの3班の班長ダン・ホランドが、宙に浮くだけでなく自在にくるくる回転して見せながら、くっつき玉を避けているのだ。

さらに凄《すご》い速さで降りたと思ったら、班員のベレー帽をさっと奪って、指で回して見せた。まるで曲芸でも見ている気分だ。

ぶっちゃけ……ガーネットの一年生で、自己浮遊魔法をここまで使いこなせる者は、他にいない。

「やっとここまでの逸材に出会えたか……っ、これはきっと優秀な空中魔法兵になる！」

ライラ先生なんてグッと親指を立て、感激で噎《むせ》び泣《な》いている。

まだこっちは息を整えているところだが、一瞬ダン・ホランドと目があって、あいつときたら得意げにベッと舌を出す。

私よりずっと高得点が取れた自信があるんでしょうね。

「ぐぬぬ〜っ、くっそー」

私も凄く頑張ったし、歯ぎしりするほど悔しいが、ダン・ホランドのあの動きはライバルながらあっぱれだ。

これは、特待生レースに波乱を生むかもしれないわね。

「はああ〜。疲れたー。お腹《なか》すいたー」

魔法体育の試験の後、私たちガーネットの9班は、学園島内にあるカフェレストランに集まっていた。

普段、私たちガーネットの9班はあまり使わない、貴族御用達《ごようたし》の少しお高めなカフェレストラン。

なぜ私たちがここへ来たかというと、以前〝ポテト・レポート〟という班課題があったのだけれど、私たちガーネットの9班のレポートが学年で一番良《い》い評価を得たらしく、その特典として食堂のミールチケットを貰《もら》ったのだった。

なので、私たちはみんなして、ここのレモンステーキを注文したのだった。

「魔法体育のしんどい試験の後に、ステーキってどうなんだよ……俺だって普段なら喜んで食うのに……食う気が全くしてこない」

鉄板のお皿の上でジュージュー焼けるステーキを、何とも言えない顔で見つめているフレイ。

「仕方がないでしょ。ミールチケット今日までだったんだから。しかもレモンステーキ限定だったんだから」

私はむしろ、体力を使った後はガツガツ食べたい派である。普段、ステーキはほとんど食べることがないので、ここぞとばかり。

それにレモンステーキと言えば、このカフェレストランの看板メニューだ。学校外からも、これを食べにやってくる人がいるくらい。

どんなお料理かというと、脂身の少ない薄切りの牛モモ肉に、レモン果汁をたっぷり使用した酸味と甘みのあるソースを絡めて焼いたもの。

お肉の上にレモンの輪切りも並んでいて、見栄え的にも、レモンが名産品であるミラドリードのお料理らしい。

ああ、鉄板の食器の上で、レアっぽさが残るお肉がジュージューいって躍ってる……

さっそく頂く。ステーキとはいえ、すっきりしたレモンソースのおかげで、重たくなくぺろっといけちゃうのよね。文句言ってたフレイも、食べ始めたらどんどん食べる。

そもそもレモンは疲労回復にとてもいい食材だ。

魔法体育の試験で疲労した体に、柔らかなお肉の滋味と、レモンの酸味が染み渡る。空腹と疲れが一気に回復するので、これはむしろ、今最も必要としていた食事かもしれない。

筋力をつけるために、脂身の少ないお肉は積極的に食べるようエスカ司教にも言われているし、罪悪感も少ない。

付け合わせに、サラダとスープ、窯焼きのオリーブパンがあった。

このオリーブパンは、名前の通り塩漬けのオリーブを練りこんだパンで、ルスキア王国では定番のものだ。しかし、デリアフィールドであまり食べなかったこともあり、私はそれほど馴染《なじ》みがない。

だけど、これがまた美味《おい》しいのだ。噛《か》むたびに、大きめに刻んだオリーブの実の食感も楽しめるし、オリーブの濃い味が、じわっとパン生地にしみている。

お皿に注いだオリーブオイルを、このパンにチョンチョンとつけて頂くと、さらに絶品なのだった。

「ああ、満足。やっぱり美味しいものは体と心を癒《いや》してくれるわね～」

ご馳走《ちそう》を全部平らげ、名残惜しいため息をついて、お腹を撫《な》でる私。

「レモンステーキとオリーブパンだなんて、いかにもミラドリードらしい食事でしたね」

レピスが上品に口元を拭《ふ》きながら、そう言った。確かに、レモンとオリーブは、誰もが真っ先に自慢するミラドリードの名産品である。

そして、私はふと、あることが気になった。

「そうだわ。私、レピスのいたフレジール皇国のことをあまり知らないのだけれど、名物料理ってあるの？」

「フレジールですか？　うーん……南北で、随分と食事事情の違う国ですからね。北側は、スパイスやジャムを使った煮込み料理や、ハンバーグ、ソーセージやベーコンなどのグリル料理が盛んです。私の故郷の食事も、そのような感じでした。全体的に茶色いです。一方で、南側はルスキア王国に近い食文化です。聖地もあるので食物がよく育ち、豊かな食事が楽しめます。あと、フレジール全体の文化としては、なんにでもジャガイモが付け合わせで出てきますね」

「へ、へえ。ジャガ……」

　私はゴクリと唾《つば》を飲む。

　ネロもまた、レピスの話に付け加えるように言う。

「フレジールは、ジャガイモが主食みたいなところがあるからな。茹《ゆ》でたジャガイモ、揚げたジャガイモ、すりつぶしたジャガイモ……色んなタイプの、付け合わせのジャガイモがある」

「…………」

　ポテト・レポートの結果がよかったので、ここで絶品レモンステーキにありつけたのだけれど、あの授業は本当にしんどかったな……

　とかそんなことを考えていた時だ。

　食後のコーヒーをウェイトレスが運んで来たのだけれど、

「マキア嬢、ごきげんよう」

「えっ、ナギ姉!?」

　何と、そのウェイトレスは四年生の女子寮長ナギー・メディテ嬢だった。

　ちなみに彼女は私の従姉妹《いとこ》であり、少し前までフレイが狙っていた年上のお姉さん。

　おかげでフレイがちょっとそわそわしてる。さっきまで、ジャガイモの話に青ざめてたくせに。

「どうしたの、ナギ姉。ウェイトレスの格好なんてしてして」

「ふふん。私、ここでバイトしてるの。卒業後は何かと物入りでね」

「どうして？　メディテ家のご令嬢なのに」

「うちは〝自分で稼ぐ〟がモットーなの。色々と厳しいのよ」

メディテ家はミラドリードの魔法薬学の名門だが、貴族というより魔術師としての側面が強く、華美で豪華な生活を好まず、知識や探究心を尊ぶ一族だ。そのせいか、叔父《おじ》様のような優秀で変態な魔術師も生まれやすいのだが、ナギ姉もまた、メディテ家の立派な魔女となるべく、もうすぐルネ・ルスキア魔法学校を卒業し、王宮勤めを始める。

メディテ家は私にとって、母方の一族であるが、私の勉強好きは、もしかしたらメディテ家の血のせいかもしれないなあ。お父様はあんまり魔法の勉強が好きじゃなかったと言うし。

「聞いたわ。卒業後は王宮の宮廷魔術師として働くのでしょう？　しかもエリート揃《ぞろ》いの第一研究室！　おめでとうナギ姉」

他の班員たちも顔を見合わせつつ、「おめでとうございます先輩」とナギ姉を祝福し、激励する。

ナギ姉は後輩たちに祝われて、機嫌が良さそうだった。

「ありがと。ま、メディテ家の跡取りとしては、何の面白みもない出世コースなんだけど」

「そんなことないわよ。きっとメディテのお爺様《じい》もナギ姉を自慢に思っているでしょうね」

「アッハッハ。あのもうろくジジイが？　て言うかマキア嬢もたまにはうちに顔だしなよ。マキア嬢のことだって、いつも気にしてんだから、あのジジイ」

確かに私は、もうずっとメディテ家の本家のお爺様にお会いしていない。

孫娘ではあるのだけれど、お母様がお父様の元へ嫁ぐ時、少し揉《も》めたとかで、疎遠になりがちなのだった。

今はあまり気にしていないと、メディテの叔父様やナギ姉からも聞くけれど……

オディリール家って、やっぱりあまり、評判が良くないからなあ。

「そうそう。一年生諸君は、魔法体育の試験でへばってるようだけれど、大変なのは明日の精霊魔法学の試験でしょ？」

「え？」

「ユリシス先生の出す後期試験は、筆記も実技も超難しいわよ～」

ナギ姉が、ちょっぴり意地悪な顔をして私を覗《のぞ》き込む。

なぜか、ナギ姉以外にもウェイトレス姿の女子学生が、私たちのテーブルを囲んでいた。

「そうそう。ユリシス先生はあの甘いマスクの下に、厳しい教師の顔を隠してる」

「でもそこが素敵なのよねえ。飴《あめ》と鞭《むち》なのよねえ」

「もうすぐ教国に婿入りされてしまうなんて、泣くわ」

「泣くわー」

はあ〜。とため息をつくウェイトレス姿の女子学生たち。

上級生たちに囲まれ、私たちは居《い》た堪《たま》れずにいたのだが、確かにユリシス先生の課す最後の課題が何なのかは気になっていた。

精霊魔法学は、ルネ・ルスキア魔法学校の看板教科でもある。どの国より最も盛んな精霊魔法学を、誰よりも究めたユリシス先生に学びにやってくる生徒は数え切れない。

それでいて、ユリシス先生のテストはとにかく難しい。

この私ですら、満点をとったことが未《いま》だにない。

満点どころか、自分を許せないレベルの点数をとったことなら、何度かある……

「ああ、何だか怖くなってきたわ……明日の精霊魔法学のテスト、大丈夫かしら。私、こんなところで優雅にコーヒー啜《すす》ってる場合じゃないわ……」

「落ち着けマキア。コーヒーくらい飲んでリラックスしたほうがいい」

焦る私とは裏腹に、ライバルのネロ君は、まったりコーヒー啜ってる。

「筆記試験ならまだしも、実技試験なんて予想もつかないし、今更どうにもできない。むしろ疲労が溜《た》まっていて、頭が回らないほうが心配だ」

「ネロ……あなた余裕そうね……」

さすがは学年トップ入学者。

特待生の座が欲しいわけでもなさそうなのに、どんな教科もトップの成績をサラッと持っていく秀才である。そもそもネロは、私の話を聞いただけで炊飯器すら作ってしまう天才だった……

しかし、せっかく今のところ手応《てごた》えのある後期試験なので、精霊魔法学でコケる訳にはいかない。

うかうかしてはいられない。

だって首席を目指すライバルは、ネロや1班のベアトリーチェ、それに3班のダン・ホランドまでいるんだもの。

私はコーヒーを飲んでしまったら、すぐに寮の部屋に戻って、明日の最終試験のために復習を繰り返し、実技試験のイメトレに励むのだった。

第二話　期末試験（下）～精霊探しゲーム～

期末試験週間最終日の朝は、昨晩飲んだマキア流ハーブミルクティーのおかげか、スッと目が覚めた。

寝室を出ると、レピスがすでに起きていて、使い魔の夜猫ノアにミルクをあげていた。

使い魔の精霊とは本来食べ物を食べなくてもいいのだが、それぞれ嗜好品《しこうひん》というのがあって、ノアの場合は猫らしくミルク、私のハムちゃんたちはハムスターらしくひまわりの種なのだった。

なぜそんな当たり前のことを脳内で復習しているかというと、今日は精霊魔法学の試験日だからである。

「おはよーレピス」

「おはようございます、マキア。昨日は遅くまで試験勉強をしていたようですね」

「ええ。だって今日は、期末試験最終日だもの。しかも最難関の精霊魔法学よ。レピス、何か対策した？」

目の前に座るレピスに問いかけると、彼女はきょとんとして、首を傾《かし》げた。

「対策も何も、私は今日の試験を受けませんよ？」

「え⁉」

「私は留学生ですから、精霊魔法学の試験はカリキュラムに無いのです。その代わり、別の日に錬金術の実技試験を受けなければなりません。三年生と共に」

「ああっ、そっか。そうだったわ」

　確か前期もそうだった。すっかり忘れていた。

　レピスは時々私たちとは違う授業に出たり、違う試験を受けることがあった。

　彼女は本来、私より一つ年上で、一年間フレジール皇国の魔法学校に通ってからこのルネ・ルスキアに留学生としてやってきたのだった。

　班課題は同じだが、それ以外の授業や試験は、留学生としてこの学校に来た時に組んだカリキュラムに則《のっと》っている。

　それにしても、錬金術の実技試験か。

　相当、先行ってるなあ～。凄《すご》いなあ。

「じゃあ、今日はレピス、一日オフなのね」

「ええ。なので例のアルバイトに行ってきます」

「またバイトかー。頑張るわねー」

「はい。ですが、もうすぐ……アルバイトも終わりそうです」

っ たのだろう。

どこか物憂げにそう告げたレピス。

そういえば、レピスはなぜ、このルスキア王国にやってきたのだろう。

知らない国にたった一人でやってきて、ルネ・ルスキア魔法学校に通う目的は、なんだったのだろう。


後期期末試験五日目。

ガーネットの一年生、最後の試験科目は【精霊魔法学】である。

精霊魔法学の担当教師ユリシス先生の筆記試験は、とても難しく予測しづらいと、生徒の間ではもっぱら有名だ。

誰もが頭を抱えながら筆記試験に取り組んだし、私もちょっと自信がない。

「皆さん、お疲れ様でした。筆記試験の手応えはいかがですか？」

「…………」

筆記試験終了後、青ざめた顔の生徒たちをにこやかに見渡すユリシス先生。鬼や……

「筆記試験がどうであれ、精霊魔法学にはまだ実技試験があります。それでは実技試験の内容を発表します」

ユリシス先生は笑顔のまま、人差し指を立てる。

「ズバリ、精霊探しゲーム、です」

「……え？　精霊探し？」

誰もが目を点にしている。

今の今まで、精霊魔法学をやってきて、そんな課題は初めて聞いた。

「殿下。生徒たちが意味不明と言いたげな顔をして、絶句しているのです。ほう」

「おやおや。まあ、予想通りですけれど」

ユリシス先生の肩に留まっているフクロウの精霊ファントロームに、我々の気持ちを代弁してもらう。

ユリシス先生は一度咳払《せきばら》いをして、私たちに試験内容を告げた。

「精霊探しゲームとは、文字通り精霊を探すゲームです。このルネ・ルスキア魔法学校には〈白の賢者〉によって、多くの精霊が各施設に配置されており、五百年もの間、学校を守り続けてきました。これは授業で教えた通りです。有名どころではパン校長先生ですが……その数ざっと151体」

「ひ、ひゃくごじゅういち」

想像以上の数字だ。この学校に、それほどの精霊が潜み、働いているとは。

ということは、白の賢者ってそんなに精霊を使役していたの？

流石《さすが》に規格外というか、半端ないというか……

「皆さんは最初の授業で自分の精霊を呼び出し、この一年で絆《きずな》を紡いだことと思います。また、自分の精霊だけでなく、班員や同級生の精霊とも触れ合い、精霊の様々な面を見たことでしょう。この試験は、この一年で培った精霊との絆、精霊への理解を試すためのものです。学園島に潜む精霊を見つけ、精霊たちの直筆サインをもらってきて欲しいと思います」

「じ、直筆サイン……」

どうりで、教卓の上に山積みの白い色紙があると思った。

先生はそれを、風魔法で各生徒の机の上に配布する。

「ユリシス先生、質問ですわ。要するに、精霊のサインの数に応じて、成績点を頂けるということでよろしいしょうか？」

ベアトリーチェ・アスタが挙手をして質問。私も、そこのところが気になっていた。

「そうですね。数もそうですが、こちらで精霊発見の難易度によって点数をつけているので、その合計点を、筆記試験の点数に加算する形になります。いくつか難易度の高い精霊を教えておきましょう」

ユリシス先生は背後の黒板に、難易度の高い精霊の名を書く。

難易度SS（50点）

1　校長パン・ファウヌス（山羊《やぎ》の大精霊・風）
2　灯台守ジーン（ランプの大精霊・光）

難易度Ｓ（20点）

3　図書館司書リエラコトン（綿花の精霊・地）
4　庭師ラフォックス（吟遊狐《ぎんゆうぎつね》の精霊・草）
5　浜の番人スキューラ（大ダコの精霊・水）
6　鎧《よろい》の騎士ホロウ（鉄の精霊・雷）

これらはいわゆるレア精霊。

難易度SSの精霊は50点。難易度Ｓの精霊は20点、その他の精霊は一律2点がもらえる仕組みらしい。

精霊たちが何を司《つかさど》っているのかも教えてくれているので、探す場所に目星がつくが……

「今日に限り、普段は侵入禁止の施設、部屋、区画を開放しています。学園島は広いですから、皆さんくれぐれも迷子にならないように。地下迷宮も第一ラビリンス〝塩の迷路〟までなら行く事ができますよ。……そうそう。精霊たちによっては、タダでサインをくれるものもいれば、何かを要求してくるものもいるでしょう。あるいは、他の精霊の居処《いどころ》についてヒントをくれる者もいるかもしれません。精霊たちは気ままです。その声を、聞き漏らさずに」

なるほど。精霊たちと会話し、言葉を交わすということが、何やら重要そうだ。

「それではチャイムがなり次第、精霊魔法学の試験を開始します。制限時間は三時間。このルネ・ルスキア魔法学校の膨大な敷地《しきち》を駆け巡り、隠れ潜んでいる精霊たちを見つけ、サインを貰《もら》ってきてください。ペンはいりませんが、色紙だけは忘れずに――……」

ユリシス先生の言葉の途中でチャイムが鳴り、誰もがダッシュで教室を出て行った。

だけど、私は精霊魔法学の講義室に、ちょこんと留《とど》まったままだった。

「おや。どうしましたかマキア嬢。行かないのですか？」

「ええ、もちろん行きます。この教室にいる精霊にサインを貰ったら」

私は目をキラキラとさせ、ユリシス先生の肩に留まる精霊に、色紙を差し出す。

「フクロウの精霊・ファントローム。サインをください」

「ほほう！　私めのサインですかな⁉」

「ユリシス先生の助手ですから、このルネ・ルスキアで働く精霊に違いないですよね？ファントロームはもともと〈白の賢者〉の精霊でもありましたし。先生、いいですよね？」

ユリシス先生は顎《あご》に手を添え、大きく頷《うなず》いた。

「よろしいでしょう。ファントロームの存在に目をつけたのがあなただけだったのは、少し寂しい気もしますが。マキア嬢は相変わらずよく気づく」

ファントロームは色紙をくちばしで突《つつ》く。

すると、色紙の端に、フクロウを象《かたど》った紋章が描かれる。

きっとこれが、精霊のサインというものなのだろう。

「ただの2点ですが。ほう」

「よっし、2点ゲット！」

思わずガッツポーズ。なにせこの2点の積み重ねが、高得点に繋《つな》がるのだから。

「さあ、マキア嬢。ここで油断せずおゆきなさい。このルネ・ルスキア魔法学校には、数多くの精霊たちが潜み、務めを果たしているのです。……それが、五百年前の〈白の賢者〉との約束だから」

……約束。

「はい、先生！　頑張ってまいります」

私は講義室を急ぎ足で出て行き、廊下を歩きながら自分なりに対策を立てる。

この課題は、あくまで個人の実技試験。

班課題と違って自分と自分の精霊の力だけが頼りだ。要するに、ネロやフレイという班員の仲間達すら、ライバルである。

「ネロは頭が切れるし、フーガっていう目のいい精霊を持っている。きっと一番手強《てごわ》いわ。フレイは【地】の申し子の力で壁を伝って歩けるし、足が速いので見つけやすい精霊をたくさん見つけてポイントを稼ぐかも」

で、私は？

「ふふふ、私自身は精霊探しに役立つ特別な力を持っていないけれど、私の精霊ポポロアクタスとドンタナテスは物探しが得意なのよ。さあ、行ってらっしゃい。あなたたちをバカにした連中を見返す時よ！」

「「へけらっ！」」

私は自分の精霊である二匹のドワーフハムスターを召喚し、放つ。

二匹はチョロチョロ動き回りながら、精霊探しで混雑している生徒たちの足元をかいくぐり、行ってしまった。

精霊の痕跡《こんせき》を見つけたら、私に知らせてくれるでしょう。踏み潰《つぶ》されないようにね。

「さて、と」

私もただ突っ立っている訳にはいかない。

生徒たちは闇雲に扉を開けたり、学校中の花瓶や絵画の裏なんかを探しているが、私はまず、一度会ったことのある精霊リエラコトンに会いに行こうと決めていた。

——リエラコトン。それは、第二図書館にいる、綿花の精霊だ。

普段、第二図書館は立ち入り禁止なのだが、今日に限っては開放されているらしいし。

「え……」

ところが第二図書館に辿《たど》り着くや否や、私はすっかり驚いてしまった。

リエラコトンは第二図書館の前にテントを張って椅子に座り、まるで有名人のサイン会のごとく、堂々と生徒にサインをあげている。

苦労せず20点のサインが貰えるとあって、生徒たちの長蛇の列ができていた。

「う、嘘《うそ》。大人しそうな司書さんなのに、サイン会を開くだなんて予想外よ……っ」

無表情でサインを配布し、握手すらないが、この塩対応が最高にイイと男子たちの間で評判だ……。

なかなかはけない生徒の列を見て、ここに並ぶべきか他を当たるべきかと悩んでいた私は、ハッとあることに気がつく。

もしかしたらこれ、生徒をここに足止めする策なのでは？

この長蛇の列に並んでいるだけで、確実に20点を手に入れることができるが、リエラコトンに辿り着くまで、かなりの時間を要する。

制限時間は三時間だ。他の精霊を探したいとあれば、ここで足止めを食らう訳にはいかない。

「あ、フレイの奴、ちゃっかり列に並んでやがるわ」

リエラコトンが、フレイ好みの綺麗《きれい》なお姉さんの姿をした精霊だからって。

「ぐ、ぐぬぬ、作戦変更よ。フレイと同レベルにはなりたくない……っ」

私は親指の爪をかみつつ、綿花の精霊リエラコトンのサインを諦《あきら》めた。

せっかくなので、最大級の大物であるパン校長を探してみましょう。

難易度SS級のパン校長先生を探している生徒は、とても多い。先生がいつも鏡から出入りしているとあって、誰もが学校中の鏡を確かめて回っている。

だけど、どうやら誰もまだ校長先生を見つけていないみたい。

パン校長が本来いるはずの校長室。それがどこにあるのかは学校の七不思議の一つであり、私たちは全く知らないのだった。

「そりゃあそうよね。ポイントが一番多いってことは、一番見つけ難《にく》いってことだもの。闇雲に学校中の鏡を探してもダメな気がするわ」

あの、超難しい筆記テストを作るようなユリシス先生が、そんな単純な実技試験を行うとは思えない。

もっとこう、ややこしいと思うのよね。

ある手順を踏まないと校長室に行けない、とか……

「ん？」

　ワーワーと、外が騒がしい。

　どうやら、激しい通り雨が降ったようだ。

　校舎の二階の窓から外を見てみると、空に大きく立派な虹《にじ》がかかっている。

　生徒たちが皆こぞって、そちらへと走って向かっているのが見えた。

「きっと、虹の根元に精霊が隠れているに違いない！」

「大昔から、虹の根元には精霊がいると言われているもんな！」

　校舎の中にいた生徒たちも、虹が出たとあって、外へと行ってしまった。

　虹、か……

　確かにそれは、精霊と出会うスポットとして一理ある。

　しかし私は、流されて同じ方向に走って行くほど素直でもなく、ただその場に佇《たたず》み、ポクポクポクと考えを巡らせていた。

　誰もが虹に夢中になっている間、皆を出しぬき、難易度の高い精霊を見つけられないだろうか……

「お嬢～」

　その時だ。解き放っていた私の偵察部隊、もとい精霊のハムちゃんずが、いつの間にか足元に戻って来ていた。

「どうしたの？　何か見つけた？」

ハムちゃんたちはぞれぞれ頷く。

「ヤバげなのがいたでち」「いたぽよ」

「ヤ、ヤバげ⁇」

かなり気がかりだが、とりあえず私はハムちゃんたちについていく。

ハムちゃんたちは校舎を抜け、虹のある方向とは反対側の、中庭へと向かった。

通り雨の後だからか、あちこちに水たまりがあって歩きにくい。靴を泥だらけにしながらも、私は真冬の色あせた庭を行く。

すると、どこからかギターの音色が聞こえて来た。

そして、よく知ったあの童謡を歌う、男の人の歌声も。

雪国の獣たち
四肢を折られて繋がれた
黒の魔王の奴隷にされた
湖の精霊たち

騙《だま》されて鍋《なべ》で煮込まれた
白の賢者に忠誠を誓うまで

美しき乙女たち
燃え果てるまで火炙《ひあぶ》りだ
紅《くれない》の魔女は紅蓮《ぐれん》のごとく嫉妬深い

ああ怖い
扉の向こうの魔法使い！

幼い頃から知っている、三大魔術師の伝説を伝える童謡だ。

皮肉がいい感じに効いた詩が好きで、私も暗記しているが、この歌詞を乗せたメロディーは初めて聞いた。

歌声を頼りに、冬のレモン畑を駆け抜ける。

黄色くなったレモンの木の葉が、雨の雫《しずく》を纏《まと》ってキラキラ輝いて見える。

よく管理された庭園の先にある東屋《あずまや》で、一人の若い男性が脚を組んで座り、ギターを弾いていた。

羽付きの洒落《しゃれ》た緑色の帽子を被《かぶ》った、オレンジ髪の男だ。

歌声の主は、この人か。

「やあやあ、愛らしい赤毛の子うさぎちゃん。俺に会いに来てくれたのかい？　俺のファンかな？」

私を見るや否や、痒《かゆ》いセリフを吐いてウインク。なんだこのキザな男は。

「……あのキツネ野郎ぽよ。僕たちを食べようとしたぽよ」

「……鼻先に噛《か》み付いてやったでち」

ハムちゃんずのセリフで、私はピンと来た。なるほど。あの男は精霊だ。

そしておそらく、難易度Sに連ねられていた、吟遊狐《ぎんゆうぎつね》ラフォックス。

「あなた、精霊ね」

「ご名答。我こそが〈白の賢者〉の上級精霊にして、イケメン枠と名高い吟遊狐のラフォックス。ルネ・ルスキアの専属庭師でもある」

そして、ギターの弦を爪弾《つまび》く。

ルネ・ルスキア魔法学校の専属庭師として、学園のレモン畑を手入れしているのを見た事がある。

女子生徒たちがイケメンだって噂《うわさ》をしていたのを聞いたこともあるけれど、まさか精霊だったとはね。狐《きつね》というだけあって、人に化けるのが上手《うま》いこと。

だけど、今日に限っては、精霊としての彼に用がある。

「サインをください」

私はずいと、色紙を差し出した。

難易度S級の20点を逃すわけにはいかない。

「やっぱり俺のファンか！」

「違います。試験です」

そこのところは、きっぱりと。

「ファンじゃないなら、タダであげるわけにはいかないなあ。よし、じゃあ俺と遊んでおくれよ、赤毛の子うさぎちゃん」

「何をしろと？」

「追いかけっこさ。狐は狩人《かりゅうど》なもんでね」

彼は獣の目をギラリと光らせ、軽やかに立ち上がると、自分の帽子に刺さっていた鳥の羽を抜いて、私の髪に挿した。

そして指を三本立てて、私の目の前にかざす。

「3分。たった3分の間だけ、俺からそれを守ってごらん？　守りきったら、ご褒美にサインをあげよう。何なら他の精霊の居場所のヒントもあげるよ」

「それはありがたいお話ですけど、たったの3分、ね……」

簡単に言ってくれる。狐の精霊を相手に。

「逃げる時間を10秒あげよう。はい、イーチ、ニー」

目を瞑《つぶ》り、ラフォックスが数え始める。

当然、私は走って逃げた。

この庭園はラフォックスの縄張りと言える。まずはここから逃げて、どこか建物に入るべきだ。

「一番近い建物、一番近い建物……」

しかし、どれほど走っても、この庭園を抜けることができない。

精霊の箱庭――ラフォックスによって、レモン畑に閉じ込められたのだ。

「はい、みーつけた」

背後から獣の気配を感じ、私はすぐに振り返った。

すでにオレンジ色の狐が、私に飛びかかる体勢でそこにいる。

速い……っ。私の足ではすぐに追いつかれてしまった。

鋭い牙《きば》を見せ、大きな口を開けた狐は、私の頭の羽めがけて覆いかぶさる。

私はそれを防がんと、顔の前で腕をクロスにさせて、目を瞑ったまま、庭の土の上に倒れこんだ。

「あっつ！」

狐の小さな悲鳴が聞こえた。

ぎゅっと閉じていた目を開けると、狐は私と少し間を開けて怯《ひる》んでいる。

「私、手に炎を……」

無意識だったが、手のひらに炎を纏い、それで頭をガードしたようだ。

ラフォックスの属性は【草】——草属性の精霊が火属性魔法を苦手とするのは、エレメンツ魔法学と精霊魔法学におけるお決まりである。

何より、無詠唱だったからこそラフォックスの速さに対応し、その隙をつけた訳だ。

まさかこんなところで、エスカ司教との修業が役に立つとは。

「ふふふ……なるほどね。そういうことなら」

私は悪い笑みを浮かべ、両手に炎を灯《とも》す。そして、

「攻撃こそ最大の防御！」

「うそっ、こっちに来る感じ⁉」

羽を奪われてはならない私が、逃げるのではなく突進してくるなんて思わなかったのか、ラフォックスは私から、より遠ざかった。

あの慌てよう、とにかく火が嫌いらしい。

よし、これはいけるぞ。炎に覆われた手は思いのほか役に立つ。

私、初めてエスカ司教との特訓の日々に感謝してるわ！

「なんてね。俺が逃げてばかりだと思ったかい？」

――って、しまった。狐らしい、流石《さすが》の素早さで背後を取られた。

いくら両手の炎が使えるようになったからと言っても、獲物を翻弄《ほんろう》するような獣の動きを前面に押し出されると、反応が追いつかない。

「ぎゃあ！」

しかしラフォックスはまたもや悲鳴をあげた。

あるものが私の頭部から飛び出し、ラフォックスの耳に嚙み付いたのだ。

それは私の使い魔であるハムスターの一匹、ドン助だった。黄色くて小さい子。

「お嬢には指一本触れさせないでち！」

「イダダダダ。このドワーフハムスター、歯が痛い。熱い」

「ち！　舐《な》めるな、でち！」

ドン助の嚙み付いたところが黒く燻《くすぶ》っている。そういえばドン助は火属性だった。

「でかしたわドン助！　流石はハムちゃん界のレジェンド！」

私もまた、炎を纏ったこの手で、容赦無くラフォックスの狐の尻尾《しっぽ》を摑《つか》む。そしてそのまま、地面に組み敷いた。

やった。ここでエスカ司教にならった護身術も上手く使えた。やはり実践あるのみね。

ラフォックスはしばらくジタバタしていたが、やがて大人しくなった。

「ふー。これは参った。確かに君は、あの残酷な紅の魔女の末裔《まつえい》だ」

「!?」

オレンジ色の狐は、庭師の青年姿に戻った。

その時ちょうど、３分経過を知らせる時計のベルが鳴る。

「女の子に組み敷かれるのは趣味じゃない。どいてくれるかい？」

「あ、はあ」

私はラフォックスから退いた。

「やれやれ。自慢の尻尾が黒焦げだ。耳もネズミに齧《かじ》られて、ピアスの穴ができたじゃないか。まあこれはこれで、モテそう？」

立ち上がり、水溜《みずたま》りに映る自分を見て、なぜかニヤニヤしてるラフォックス。

さすが精霊。タフだな……

「ラフォックスは、私のご先祖様を知っているのですか？」

「当然だとも。あの魔女ときたら、俺をとっ捕まえて、毛皮を剥《は》いで襟巻きにしようとしたことがある」

「……へ、へえ」

それはまた、今日の私の仕打ちなど可愛《かわい》らしいほどに、残虐無慈悲だ。

「ところで、これは合格ということで良《い》いのですよね？」

「オーケー。合格だとも、サインをあげよう。俺に怯まず向かって来たのがよかったね。ま、炎で尻尾を躊躇《ちゅうちょ》なく焦がしたあたり、えげつなかったけど」

「ありがとうございます！」

褒められたのかそうでないのか、よくわからなかったが、一番大事なサインをもらえたので素直にお礼を言った。

狐の紋章は、やはり狐っぽくて愛らしい。

「そう言えば、他の精霊のヒントもくれると言ってましたよね？」

「君、意外とちゃんと人の話聞いてるね……。ああ、いいとも。他の精霊についてヒントをあげよう子ウサギちゃん」

そしてラフォックスは、ゴホンと咳払《せきばら》いをする。

「さっき、強い通り雨が降っただろう？　子ウサギちゃんも急いだ方がいいかもね。この雨は精霊魔法で降らされたものだ。ということは、雨上がりにできるものに、精霊が潜んでいるってことだよ」

「え？」

ま、まさか……やはり虹《にじ》の根元に大物精霊がいたというのだろうか。

一斉にそちらへ向かった生徒たちを、まるでバカにできない。

みんなに先越されちゃったかも！

「し、失礼します！」

「アデュー、健闘を祈るよ〜」

私はラフォックスから色紙を受け取り、急いでこの庭園を駆け抜ける。

背後に、あの吟遊狐の弾くギターの音色と、歌声を聴きながら。


今度はちゃんと、庭園を抜けて、校舎まで戻ることができた。

だけど校舎の前には誰一人いなくて、皆もう、虹のよく見える浜辺に行ってしまったらしい。既に虹も消えかかっているけれど。

「はあ。こりゃあ、完全に出遅れたわ。雨上がりがヒントの精霊は、諦《あきら》めた方がいいかもしれないわね……」

大人しく、別の精霊を探そうと思っていた時だ。

校舎の前の広場に、大きな水溜りが出来ていて、それが雨上がりの青空を映しこんでいて、とても美しかった。

どこにでもあるような水溜りだったが、そう言えば雨上がりに出来るものって、虹だけではない。この水溜りだってそうだ。

「………」

私は大きな水溜りを覗《のぞ》き込む。

そこに映る自分の姿を見て、ギョッとした。なぜか私の姿が、随分と幼い。

それでふと、幼い頃にやっていた密《ひそ》かな遊びを思い出した。

私はデリアフィールドという辺境の地に生まれたものだから、同世代のお友だちも少なくて、水溜りに映る自分を〝秘密のお友達〟のように思い込み、語りかけていた。

今思えばとっても寂しい子どもだ。

しかし、子どもの頃の想像力とは逞《たくま》しいもので、空想の産物が現実にあるかのように思えていたのだ。

水溜りに映ったその子は、私が笑えば笑うし、私が怒れば怒るし、悲しい時も一緒になって悲しんでくれる。

当然だ。自分なのだから。

デリアフィールドは基本的にほとんど雨の降らない荒野だ。水溜りは短い雨季にしか現れず、心の友人は、ある時ふっと姿を消した。

ただの水溜りに映った自分自身だったのに、それが悲しくて、少し泣いたりしたっけ。

私、あの子に、名前をつけていたはずだ。

なんて名前だったっけ。確か……

「久しぶりね、キリエ」

そう。キリエだ。

深く考えることなく、ふっと心に湧いて出てきた名前だった。

目の前の水溜りに映る幼き私《キリエ》は、口元に柔らかく弧を描き、私を手招きした。


『正解。さあ、こちらにいらっしゃいマキア』


幼い頃と違って、これは魔法の一種であると、私は密かに理解していた。

理解と共に、冷静な心を忘れることなく、その水溜りに足を踏み入れ、そのまま静かに沈んでいく。

コポコポ……コポコポ……

水に溺《おぼ》れる感覚に苦手意識のある私でも、あまり恐ろしくはなかった。

生温《なまぬる》く、敵意の無い水だったからだ。

すぐにその感覚から解き放たれ、私は体をはじき出される形で、どこか別の場所へと出た。ブルブルと顔を振って、目を開ける。

「ここは……？」

不思議な——鏡の部屋。

周囲には見渡す限りの鏡があって、自分の姿があらゆる角度から、嫌という程そこに映り込んでいる。鏡、鏡、鏡だわ。

「ようこそ。第四ラビリンス・鏡の部屋へ」

頭上から、低く響き渡る声がした。

私は顔を上げて、口をあんぐりとさせる。

「……こ……校長先生」

驚いた。

大きな大きな山羊《やぎ》の顔が、私を見下ろしている。

黒いマーカーで線を引いたような、黒く細長い山羊の瞳孔《どうこう》に、ドキッとさせられた。

よくよく見たら、その山羊の顔は、より巨大な天井の鏡から垂れ下がっていた。

頭部の角が、グルンと弧を描き鏡から飛び出して、ネジのように渦巻きながら、遥《はる》か彼方《かなた》まで延びている。頭部がいかに巨大なのかを印象付け、もはやそれは、普段見るパン校長の、親しみやすく愛らしい山羊の姿とはまるで違った。

ここにいるのは紛れもなく、自然界の脅威とも言える大精霊としてのパン・ファウヌスであった。

「驚かれましたかな？」

言葉が上手《うま》く出せないまま、コクコクと頷《うなず》いた。

「我輩《わがはい》を見つけることができた生徒は、君が初めてですぞ。よくぞ入り口を見つけました
なマキア・オディリール嬢」

私は自分の名前を呼ばれて、ハッと我に返る。

「私、池から校長先生が顔を出していたのを見たことがあったので！　水鏡も有効なのか
な、と思って……」

「フォホ。ですが、それだけではあるまい。〝幼なごころ〟を思い出したのでは？」

「幼な……ごころ」

私は先ほどのことを思い出した。自分が幼い頃に遊んだ、秘密の友人のことを。

「……はい。幼い頃、水溜りに映る自分とおしゃべりをしていたのですが、あの子の名前
を、ずっと忘れていたのです。それを思い出したら、ここへ来ていました」

頬を赤らめ、恥ずかしがりながらも、素直に認める。

パン校長はまた笑った。

校長が笑う度に、生温くも強めな風が全身に吹き付ける。

「子どもとは意図せず魔法を使うものであります。決まってそれは原始的な魔法。名前の
ないものに名前をつけることも、子どもの無邪気な魔法の一つなのです」

「名前、ですか？」

ふと思い出されたのは、トールのこと。

子どもだった頃の私は、奴隷の少年に〝トール〟と名前をつけた……

「この鏡を通って我輩の元へくることが出来るのは、そんな無邪気な魔法を覚えている者たちだけなのですぞ。大人になり、魔法の技術が巧みになるにつれて、幼なごころは忘れ去られてしまいますがね。ちなみに我輩は童話の世界の精霊であります。ご存じですかな?」

「ええ。童話〝鏡の魔神〟ですね」

——童話「鏡の魔神」。

それは、トネリコの勇者の物語にも登場する〈白の賢者〉が、世界中を旅して様々な精霊に出会う冒険譚《たん》。

パン・ファウヌスとは〈白の賢者〉に仕えた最強の大精霊だ。

あまりに巨大なその体は、一つの山に喩《たと》えられ、少し歩けば山を削り、街を破壊し、天災に匹敵するほどの嵐や竜巻を巻き起こす。パン・ファウヌスの通ったあとには何も残らないと言われるほど。

崇高な大精霊のはずが、魔神と呼ばれ、恐れられていたのだ。

心優しいパン・ファウヌスは、自分が動けば人を悲しませると知り、長い間、大渓谷の底で身動きせずにひっそりと生きていた。

白の賢者は旅の途中、その大渓谷に降り立ち、どこにも行けずにひとりぼっちでいる大精霊を哀れに思って、どうにかこの精霊を外に連れ出そうと考えた。

そして、パン・ファウヌスの大きすぎる体を、首、胴体、右前足、左前足、右後ろ足、左後ろ足に分けて、六つの鏡に封じたのだった。

鏡に封じることで、白の賢者はパン・ファウヌスをあらゆる場所に連れて行き、世界中の様々な景色を見せた。

白の賢者は、精霊を様々な形態で召喚する方法を研究していたから、パン・ファウヌスを人と変わらない姿で呼び出したり、はたまた人々に愛されるマスコット的な姿で呼び出したりして、この大精霊と共に旅をしたのだ。

「その通りであります。白の賢者様は、我々精霊どもを真の友と呼び、自分すら知らずにいたあらゆる姿を教えてくださり、いつもお側《そば》においてくださった。だからこそ、我輩は賢者様が残したこのルネ・ルスキア魔法学校を、今もまだ守り続けているのです」

その月日は、この学校が創立して、約五百年間。

途方もないほどに、長い。

「賢者の死後も、精霊との契約が継続しているということですか？」

「いいえ。学校に残っている精霊たちは、何も賢者様の命令で残っているわけではないのです。そこに交わされたのは、ただ一つの、約束のみ」

「約束?」

以前も誰かに聞いた。

そう、確かユリシス先生だ。

「それはどんな約束だったのですか?」

「いつか必ずここへ戻ってくる……という約束です。たとえ、何百年という月日が経《た》とうとも、かの賢者はこの場所に帰還する」

「………………」

交わされたのは、夢のような儚《はかな》い約束。

遠い昔に亡くなった〈白の賢者〉の帰還を待って、精霊たちはこのルネ・ルスキア魔法学校に留《とど》まっているというのだ。

帰還……?

それもまた、どこかで何度か聞いた印象的なフレーズだ。

パン校長は、横長い一本線のような黒い瞳《ひとみ》でじっと私を見つめ続けていた。

周囲の鏡すら、私を見透かしているかのようで、心がザワザワッと波立つ。

私はとっさに、あの質問をしてしまった。

「あのっ、つかぬ事をお聞きしますが、パン校長は〈紅の魔女〉に会ったことはありますか!?」

そう、私のご先祖様に。

「勿論《もちろん》ですとも。かの魔女は大層口が悪く、白の賢者様のことを〝賢者ぶった陰険野郎〟と罵《ののし》り、我輩のことも〝クソデカお邪魔精霊〟とバカにしておりましたぞ」

「うっ」

す、すみません。うちのご先祖様がすみません……っ。

吟遊狐《ぎんゆうぎつね》のラフォックスのことも襟巻きにしようとしていたらしいし、もしかしてこの学校、紅の魔女に恨みと因縁のある精霊たちで溢《あふ》れているのでは？

私の今後が危うい。

「ですが〈紅の魔女〉は、酷《ひど》く天邪鬼《あまのじゃく》でした。言葉で言ったことと、内心の感情が、真逆であることが多かった気がするのですぞ」

「……え？」

パン校長の思わぬ言葉に、私は顔を上げる。

「素直で頑張り屋なマキア嬢を見ていると、あなたの姿は、かつて〈紅の魔女〉が望んだ少女像そのもののような気がするのです。ええ。我輩はそう思うのでありますぞ」

「…………」

多分、私は口を真一文字にして、奇妙な表情をしていたと思う。

確かに私は、今の自分が嫌いではない。

そりゃあ完璧《かんぺき》ではないが、前世の小田一華《おだかずは》が望んだ「生まれ変わったらこういう女の子になりたい」というのを感じる一面もあると思う。

紅の魔女も、そうだったというの……？

「おっと、もう時間ですな。あまりあなたをここに留《とど》めていると、ユリシス殿下に怒られてしまいますぞ」

「あ、あの、最後に一ついいですか？」

私はとても大切なことを、まだパン校長に頼んでいなかった。

「校長先生のサインをください！」

「おおっ、一番大事なことを忘れておりましたぞ！」

そう。一応今は、試験の真っ最中である。

私はパン校長のサインをしっかりいただき、その後、校長の指定する鏡を通って、ルネ・ルスキア魔法学校の中央広場にある噴水から帰還した。

全身びしょ濡《ぬ》れだったけど、色紙に連なる精霊のサインは、不思議と滲《にじ》んで消えることもなく無事だった。


すぐに鐘の音が響き渡り、試験の終了が告げられる。

パン校長のいた第四ラビリンスで、思いのほか時間を食っていたみたいだ。

私たちは教室に戻り、精霊たちにサインしてもらった色紙を、順番にユリシス先生に提出する。

ユリシス先生は、私の色紙に記されたパン校長のサインを見ても、表情ひとつ変えることなく「お疲れ様でした」と言ったのだった。

第三話　秘密は魔法を帯びている

精霊魔法学の試験が終わり、私たちは第一学年の課程を全て修了した。

この解放感の、なんと素晴らしいことか。

疲れよりも達成感に満ち満ちた心地で、いつものアトリエに戻る。

すでにそこにいたフレイは、随分とお疲れのご様子で、ソファに寝転がっていた。

「はあああ〜最後までしんどい試験だったぜ。マジもう疲れた。誰か甘やかしてくれ〜」

ダラダラしながら、情けないことを言っている。何歳児だ、この王子は。

「何アホなこと言ってんのよ。あなたは結局、何個サインを集めたの？」

「ふふん、聞いて驚くなよ班長、13個だ」

ソファでダラッとしたまま得意げに言っても、格好がつかない。

「へえ、でも意外とちゃんと頑張ったのね」

素直にびっくり。リエラコトンの長蛇の列に並んでいたから、それ以外は無茶かと思っていたのに。

きっと【地】の申し子の能力をフル活用して、学園の中をあちこち探して回ったのでしょうね。

「で、ネロはどうだった？」

すでにアトリエの机について、何かしら弄《いじ》っているネロに聞いてみる。ぶっちゃけフレイよりもネロの結果の方が気になる。

ただ、彼は妙な顔をして、僅《わず》かに視線を逸《そ》らした。

「僕は、４個だ」

「ギャハハ。勝ったな。今回は俺の勝ちだ」

フレイが勝ち誇った顔をして大笑いしている。

私も少し意外に思った。ネロのことだから、もっとたくさんの精霊を見つけているのかと思っていた。

「だが、灯台守ジーンを見つけた。パン校長に並ぶ大精霊だ」

「え？」

「え？」

フレイも、私も、真顔で固まる。それは難易度SSの大精霊だ。

ちょっと待って。だったら４個でも問題ないわよ。その他も難易度Sとか、ネロなら有り得るし。

「灯台守ジーンって、どんな精霊？」

「うーん、酷《ひど》く老いていた」

「……はあ」

要するにおじいちゃんってことかな。

「で、班長は？」

「わ、私は……3個よ」

「うわー、ザコいなー」

「言っとくけれど、私だってパン校長を見つけたからね」

「……え？」

散々バカにした後の、フレイのこの「え？」って顔は愉快痛快だが、正直こいつは首席レースに関係ない……

やはり、私のライバルはネロだ。

私の結果には、さも興味がなさそうな飄々《ひょうひょう》とした顔が余計に私を焦らせる。

しかしすでに全ての試験は終わってしまった。

私たちはもう、終業式に発表される総合成績の結果を待つしかないのだった。


午後の時間をアトリエで好き勝手に過ごしていた。

私は頑張ったハムちゃんたちを小屋に戻し、その傍らで紅《くれない》の魔女のレシピを開いていた。

最近忙しくて、このレシピに隠された日記を探れていない。

そろそろまた、紅の魔女の日記を求めて、色々とお料理を作ってみようかな。

さて、どれにしたものか……

「ガーネットの9班の皆さんは、ここにいらっしゃいますか？」

学園島の端っこにあるアトリエに、思わぬ来客がやって来た。

「!?　ユ、ユリシス先生!?」

精霊魔法学の担当教師ユリシス先生だ。

私だけでなくネロやフレイもギョッとして顔を上げる。

フレイなんてあからさまに青ざめ、挙動不審になっていた。ユリシス先生は、フレイの腹違いの兄上なのだった。

「ど、どうぞ」

ネロが散らかしていたテーブルを凄《すご》い速さで片付け、ユリシス先生に席を勧める。

「お、お、お茶を淹《い》れます！」

「皆さん、お構いなく」

先生はそう言うが、私は台所に下りてとっておきの紅茶を淹れる。ついでにリンゴジャムも添えて先生にお出しした。

ユリシス先生はというと、私たちにとって都合の良《い》いように魔改造されたこのアトリエを見渡し、ニコニコとしていた。

「ふふ、すみません。このアトリエ、随分昔に僕も使っていたので、懐かしくてつい」

「そうなのですか？」

「魔法薬学のウルバヌス・メディテ先生とも、同じ班でしてね。ああ、メディテ先生はマキア嬢の叔父上《おじ》でもありますね。ちょうど君たちのように、ここで切磋琢磨《せっさたくま》して過ごしていました」

そしてユリシス先生は、私の淹れた紅茶を一口啜《すす》って、音のない息を吐く。

「僕らの班には、あのユージーン・バチストもいました。本当に、懐かしいです」

憂いを帯びた目元に、私も胸が痛んだ。

バチスト先生が亡くなった、本当の意味を知っているからこそ。

「で、いったい何の用です？　兄上」

このムードの中、今まで黙っていたフレイがつっけんどんに聞いた。

先生ではなく、わざと兄上、と。

「試験の後で申し訳ないのですが、マキア嬢とネロ君には、先日のことで王宮騎士団からお呼び出しがかかっています」

「王宮から？」

　私とネロは顔を見合わせた。何のことで呼び出されたかは想像がつく。

　アイリ失踪《しっそう》事件についてだろう。彼女はこの場所でネロが見つけたから、詳しい状況を聞いておこうというところか。

「ちなみにフレイ、あなたには僕から直接、相談事があります」

「げっ！」

「げ、ではありません。さあ行きますよ」

　笑顔のユリシス先生は弟であるフレイのフードをひっつかんで、このアトリエを出て行こうとする。

　先生、意外と弟には手厳しいんだな……

「では後ほど、王宮でお会いしましょう」

　ユリシス先生は私とネロに向かって頭を下げ、フレイを連れて行ってしまった。

「どうするマキア」

「どうするって言っても、行くしかないわよ。王宮から呼び出しを食らったなら」

　私たちのような一介の学生が、その命令を無視することなんて出来ない。

　という訳で、私はネロと共に疲れた体を引きずって、王都へと出向く。

「レピスがアトリエに戻って来て、誰も居なかったらびっくりするでしょうね」

「レピス……彼女は今日もバイトなのか？」

「ええ、そうらしいわよ。いったい何をしているのやら」

あ、そうだ。

今日は試験終了のお祝いに、帰りにレモンパイでも買って帰ろうかしら。

きっと王宮での用事を済ませた頃には、レピスもバイトを終えてアトリエに帰っているでしょうし。そしてみんなで、お疲れ様パーティーよ。

そう考えたら、人の多い王都を突っ切って王宮まで行くのも、苦ではないのだった。


王宮に入るのは、正妃様の手鏡事件以来となる。

「ネロは王宮に入ることなんて無いから、緊張するでしょう？」

「……別に。不法侵入する訳じゃないんだから、そうヒヤヒヤするもんじゃ無いよ」

「相変わらずクールねえ。私なんて、今でも王宮に入るのは、少し緊張するってのに」

私は手形を持っているが、ネロは門番に様々なチェックをされてから、王宮に入る。

ユリシス先生があらかじめ許可を出しているので、そう時間はかからなかったけれど。

「やあ、マキア嬢。久しぶりだね」

「ライオネルさん！」

私とネロを迎えに来たのは、王宮騎士団副団長のライオネルさんだった。

私たちはライオネルさんによって、王宮騎士団の所持する執務室へと連れて行かれた。

「そっちの君とは、以前無人島で世話になって以来だね。確か、ネロ・パッヘルベル君だったっけ」

「……はい」

「君に話を聞くのは俺だ。マキア嬢は、部屋の外で待っていてほしい。他の者が迎えに来るだろうから」

「え、別々なんですか!?」

「アッハッハ、勿論《もちろん》だよ。何、尋問しようって訳じゃないんだ。少し話を聞くだけだから、心配しないでくれたまえ」

そして私の目の前で部屋の扉を閉める。ネロを連れて行ったまま。

ネロ、一人で大丈夫かしら。あまり喋《しゃべ》るの好きな子じゃないからなあ。

私は外の椅子に座って待っていたのだが、少しして若い騎士に呼ばれて、別の部屋へと移動した。

「え」

そこには騎士団の騎士ではなく、この国の第三王子の姿があった。

以前より私を目の敵にしていた、あのギルバート王子だ。

彼が「かけたまえ」と言うので、強張《こわば》った表情のまま私は部屋の中央にあった椅子に座った。

「ルネ・ルスキアの試験の後で申し訳ない。マキア・オディリール、君には何の礼も出来ていないと思っていてな」

「……ん？」

君??

ギルバート王子の口からは、予想外の言葉を聞いた。なんだか口調も柔らかい。

「その、なんだ。先日は随分と世話になった。母上の手鏡の件だ」

ギルバート王子は言いづらそうにしながらも、私に感謝の言葉を述べる。

「あ、ああ……いえめっそうもないです。あれから、正妃様の隠しておられた遺品は、全て見つかりましたか？」

そう。私は少し前に、ギルバート王子のお母上である正妃様の手鏡を見つけた。

その手鏡の中には、正妃様が生前残したメッセージや、この王宮のあちこちに隠したとされる遺品の在処《ありか》の地図やヒントが隠されていた。

あの日は私もフレイも寝ずに探したものだが、まだたくさんありそうだった。

ギルバート王子はその後も王宮内を探し回ったのだろう。

「あらかた見つかったが、いくつか別邸に隠されているものもあるようで、そちらも探らねばならない。……全く、母上もお人が悪い」

やはり……ギルバート王子の雰囲気が変わっている気がする。

以前は常にピリピリしていたけれど、ほんの少し、丸みが出てきたと言うか。

肩の力が抜けたというか。

「それで、私に何のご用でしょう」

「アイリの件だ。先日の失踪以降、アイリは私とも少しだけ話をしてくれたのだが……」

ギルバート王子は組んだ指で口元を隠しながら、少し間をおいて私に問う。

「君は、アイリのことをどう思っている？」

「え？　アイリを？」

不意な質問だ。その意図がわからず、私は少し戸惑った。

「にわかに信じられない話だったが、君とアイリは、その、異世界では友人同士だったのだろう。君にとっては、前世というのか」

「……は、はい」

「アイリは元の世界での友人だと気がつかず、ずっと君のことを敵視していた。何がきっかけだったのか、今のアイリはそのことを理解し、受け止めている。ただ、もう君には嫌われてしまっただろうと、思い込んでいるようだ」

「………」

「無理からぬ話だとは思う。……嘘《うそ》をいう必要は無い。率直なところを聞きたい」

私は視線を落とし、自分の膝《ひざ》の上にある拳《こぶし》をぎゅっと握りしめ、少し考えた。

アイリのことを、どう思っているのか。

「別に……嫌ってなどいません。怒っていただけです」

答えは思いのほかすぐに出てきた。

顔を上げ、まっすぐにギルバート王子を見つめて、改めて答える。

「ギルバート王子とフレイのようなものです。お互いに啀《いが》みあっていたけれど、嫌いではなかったでしょう？」

ギルバート王子は、らしくないキョトンとした顔になる。

眉間《みけん》のシワも、少々ほぐれていらっしゃる。

そして、なるほど、とでも言いたげに鼻で笑った。

「では次に、君の今後の話だ」

すぐに、別の話題に切り替わる。

お仕事モードだと切り替えの早い人だな。

「君はルネ・ルスキアでの第一学年の課程を修了したのち、守護者としてフレジールに赴くことになっている。期間は短くとも半年はかかろう。状況によっては、もっと長引く可能性もある。その間、ルネ・ルスキアは休学するか、それとも、あちらの魔法学校に留学するか」

「……!?」

ドキッとしたのは、私ができるだけ考えないようにしていたことに対し、現実味のある未来が示されたからだ。

そうだ。私はもうすぐ、ルネ・ルスキアを去る。

「ルスキア王国とフレジール皇国は、お互いの魔術師の交換留学を積極的に行い、その仕組みを充実させている。ゆえに、お互いの学校で単位を取ることは簡単だ。しかし留学は、必ず一年間と定められている」

「一年……？」

「私は、いっそあちらに一年間留学するのも手だと思っている。要するに、二年生の単位をフレジールの学校で取るのだ。……そういえば、君の所属する班にも留学生がいたな」

ギルバート王子は手元の書類をめくって、目を細める。

「レピス・トワイライト。彼女もまた、今年一年の留学を終えて、もうすぐフレジールに帰国する予定だ」

「え……」

私はジワリと目を見開いた。

ギルバート王子は私の表情を見逃さなかったが、淡々と話を進める。

「まあ、この件については一人で決められるものでもあるまい。ユリシス兄上にも相談してみるといい」

「……は、はい」

頷《うなず》くほか無い。どのみち、私はフレジールへ行くのだ。

それよりも私は、レピスがもうすぐルネ・ルスキア魔法学校を去り、国に帰るという事実に、大きく動揺していた。

レピスはそんな話を、一つもしていなかったから。


ギルバート王子との謁見を終え、私は王宮の廊下をとぼとぼと歩いていた。

試験を終えてホッとしていたけれど、楽しかったこの一年、ガーネットの9班との学園生活は、もうすぐ終わる。

私が居なくなるだけでなく、レピスもまた、国へ帰るのだ。

ネロやフレイは、二年生になっても大丈夫かしら。あの二人だけだと心配すぎるわ。

「マキア、君も終わったのか?」

「あ、ネロ!」

ちょうどネロと合流した。

彼もまた、今しがたライオネルさんの聴取を終えたようだった。

「あれ、その子……」

しかもネロは、なぜか黒猫を抱いている。見覚えのある黒猫だ。

私はあんぐりと口を開けて、思い切りその黒猫に指を突きつけた。

「ノア！」

「……だよな。勘違いじゃなければ、これはレピスの精霊のノアだ」

「ど、どうしたの？　なぜノアがここに？」

「王宮の廊下でうろついていたんだ。どこからか迷い込んだのかもしれないと思って、連れて帰ろうかと思ってたんだが──……」

その時、ノアがネロの腕の中からぴょんと飛び出した。

そして私の足の横をスルッと通り過ぎると、軽やかな足取りでどこかへと向かう。

「ちょ、ちょっと待ってノア！」

きっと今頃、レピスが心配しているんじゃないかしら。

だけどノアの動きは素早く、私が飛びかかってもネロが先回りしても、スルリと抜けて行ってしまう。王宮内で許可なく魔法は使えないし、王宮のメイドや衛兵たちが不審な目でこっちを見ている……

「捕まえた！」

やっとの思いで、何とかノアを捕獲する。

気がつけば私たちは宮殿を出て、庭園を抜けた先にある魔法闘技ドームの入り口にまで来ていた。

「ここ……」

以前、アイリが大精霊であるドラゴンを召喚してみせてくれた場所だ。

大規模な魔法の訓練などで使われると聞いたことがある。

「にゃーにゃー」

ノアが私の腕の中でしきりに鳴いている。

落ち着きがないし、どうしたというのだろう。

——その時だ。闘技ドームの中から強い魔力の波動を感じ、激しい爆音が響いた。

私とネロは驚いて顔を見合わせる。

「……行ってみよう」

「え、ちょ、ネロ！」

妙に積極的なネロを追いかけ、私は魔法闘技ドームの中へと入場した。

ピリピリと肌に感じられるのは魔法の余波だ。いったい、何の魔法が行使されたというのだろうか。

ドームの中では、黒く渦巻いた魔力の歪《ゆが》みのようなものが目視でき、私はすっかり驚かされた。

しかもその中心にいたのは、私のよく知る人物たちだった。

「この程度で音を上げていたら、この魔法を使うなんて永遠に無理ですよ」

低く篭《こも》った、強い意志を感じる女性の声が響く。

「お立ちなさい、トール・ビグレイツ。あなたには、死んでもこの魔法を使えるようになってもらわなければなりません」

「……承知しております、レピス・トワイライト先生」

目を疑った。

剣を立てて膝をつき、その場で息を整えていたのは、トールだ。

そして、そんなトールと向き合い、彼を静かに見下ろしていたのは、黒いローブを纏《まと》ったレピス。

なぜかここにレピスとトールがいて、しかもこの様子だと、レピスがトールを叱咤《しった》している。

ということは、さっきの魔法を使ったのは、レピスかトールと言うこと？

いやその前に、誰か、この状況の説明をお願いします。

「レピス、君かい？」

ネロの呼びかけに、レピスがハッとしてこちらを向いた。

「ネロさんと……マキア？」

私は瞬《まばた》きすらできずに呆然《ぼうぜん》としていたが、隣にいたネロが私の顔の前でパチンと手のひらを打ったので、やっと意識が現実に引き戻される。

「あ、あ、あなたたち、知り合いだったの!?」

驚いた私が二人に向かって指を突きつけると、レピスは控えめに視線を逸《そ》らしながら、

「あ、その……ええ、まあ。実はこれが私のアルバイトなのです」

と言う。

地面に膝をついて息を整えていたトールもフラフラと立ち上がり、剣を腰の鞘《さや》に納める。

「お嬢。申し訳ありません、お見苦しいところをお見せしました。レピス先生には……実のところ、トワイライトの一族に伝わる秘術を教わっているのです」

「レピス先生!?」

ここでやっと、長い間、謎に満ちていたレピスのアルバイトが判明した。

要するに、レピスが魔法を教えていた相手というのがトールだったのだ。

「え、え？　どういうこと？　いったいいつから？　ていうかどうして、トールがトワイライトの魔法を??」

「おや、マキア嬢。ここに来ていたのですね」

このタイミングで、ユリシス先生が魔法闘技ドームにやって来た。

私が混乱したまま頭を抱えている姿を見て、

「うーん。やはり驚かせてしまったみたいですね」

この状況を察してくれる。そう、私はまだ、何も理解できていない。

「トール君には、どうしても覚えていただきたい魔法があったのです。それは、トワイライトの一族に伝わる秘術でもあり、今後の我々にも必要な魔法です。それでトール君、進歩の方はいかが……」

ドサッ。

問いかけられたトールは、何も答えず地面に倒れ、そのまま屍《しかばね》のように動かない。

「トール？　トール、トールーーーッ！」

すっかり気を失っており、名をいくら呼んでも、彼は目覚めなかった。

確かにさっきからずっとフラフラとしていた。

教わっていた魔法とは、体に凄《すご》く負担がかかるものなのでは……？


「……あ、トール、目が覚めた？」

トールは瞼《まぶた》を開いて、しばらくあどけない顔をしていた。

私に見下ろされていることに気がつくと、思いのほか赤面してガバッと起き上がる。

そう、トールは私によって、膝枕されていたのだった。

というのも、トールはあの魔法の修業の後は、きまって気絶してしまうらしく、その後少ししたら目を覚ますのだとか。

医務室に連れて行くより、外気の清らかな魔力に触れさせておいた方がいいとユリシス先生は言っていた。なので、私が王宮の庭園にて、トールのお守りをしていた訳だ。

トールは顔を手のひらで覆って、大きなため息をついた。なぜに。

「もしかして、私の膝枕《ひざ》かたかった!?　頭が痛むとか？」

「い、いえ！　そういう訳じゃありません。ただ……俺、やはり気絶してしまったんですね。しかもお嬢の前で。なんと情けない。はあああ～」

異様にショックを受けているトール。

確かに、トールが私の前であれほどフラフラな姿を晒《さら》したのは、初めてのことだったかもしれない。

私がダメになって、トールがそのフォローをすることなら、星の数ほどあったけれど。

「な、情けなくなんかないわよ！　私、少しだけ見ていたけれど、ものすごい魔力の波動だったわ。いったいどんな魔法の特訓をしていたの？　ユリシス先生やレピスに聞いても、はぐらかされるのよ」

「………」

「ま、そうよね。あの二人が秘密なら、トールだって秘密よね」

トールはやはり、ダンマリだ。

秘密は魔術師の嗜《たしな》み。それで済んでしまうから、私もこれ以上追及できない。

「だけど、そんなに体に負担がかかる魔法なら、私、心配だわ」

「それ、お嬢が言います？」

トールの訝《いぶか》しげな目ときたら。

「それって〈紅の魔女〉の魔法のことを言ってるの？」

「ええ。お嬢だって、紅の魔女の魔法を使った後、いつも倒れています。前回なんて目から流血していましたし、俺は心底心配でしたよ。失明してしまうのではないかと」

「そうよね。あれは……怖かったわよね。ホラーよね」

「そういう意味ではありません。……全く、お嬢ときたら。ほんと、やれやれですよ」

あれ。いつの間にか私がトールに注意されているぞ。

ただ、トールはやはり、浮かない顔をしていた。

「……すみません。ドームで俺が訓練していたあの魔法、あまり上手《うま》くいってなくて。お嬢に意地悪を言いました」

そして、囁《ささや》くように、弱音を吐く。

その姿が、私にはとても珍しく思えた。

「へえ。トールでも、上手くできない魔法があるのね」

トールには悪いが、くすくすと少しだけ笑ってしまった。

トールにジトッとした横目で見られながらも。

「当然です。上手くいかないことばかりですよ、俺は」

「昔は私なんかより、何だってやりこなす可愛《かわい》げのない男だったのに。だけどやっぱり、そうやってへこんでいるってことは、トールも普通の男の子ね」

「普通、ですか」

「あら。昔あなたが私に言った言葉よ。普通って。私が魔法薬に失敗した時に」

あの時は私、トールの嫌味だとばかり思って、トールに対抗心を燃やしていたのよね。

おかげで、随分と魔法薬の調剤が上手くなったわ。

「……よく覚えていますね、そんな子どもの頃の話」

「覚えているわよ。当然よ」

「でも……あの頃の失敗と、今の失敗では、意味が違いますよ」

「そう？　同じよ。私だって魔法学校で得意不得意を知ったわ。私よりずっと凄い人たちがいることもね。でも、分野によっては、当然私も凄いけど！」

ドーンと、自身の胸に手を当てながら、私は断言する。

「……お嬢は、自信に満ち満ちていますね」

「自分を知ったということよ。幼い頃は、本当に自分に才能があるのか、甚だ疑問だったわ。比較対象があなただったのだもの。そりゃあ、不安になるわよ。トールは私よりずっと、何だって上手くこなすんだもの」

ムッと膨れっ面になって嫌味を言ってやったが、トールはますます暗い顔をした。

重いプレッシャーが、彼にのしかかっているのがわかる。

学校でのびのびと学んでいる私と違って、彼はいったい、何を背負っているのだろう。

「ねえ。そもそもどうして、トワイライトの秘術を教えてもらうことになったの？」

トワイライトの秘術ということは、おそらく〈黒の魔王〉の残した魔法に違いない。

我々オディリールの一族が〈紅の魔女〉の末裔《まつえい》であるように、トワイライトの一族とは〈黒の魔王〉の末裔だもの。

「だってトールは、トワイライトの一族の出ではないでしょう？　確かにレピスとちょっと似たところもあるけれど。ほら、黒髪で、紫色の瞳なところとか」

「俺にもよくわからないのですが、どうやら俺には、空間魔法の適性があるようなのです」

「空間魔法の適性？」

「もしかしたら、俺はどこかでトワイライトの一族の血を引いているのかもしれないと、ユリシス殿下がおっしゃっていました。レピス先生は、俺にこの魔法を教えるため、わざわざこのルスキア王国にまでいらしてくださったんです」

「…………」

それは、以前レピスも言っていた気がする。

自分はその魔法を、ある人に教えるため、ルスキア王国に呼ばれたようなものだ、と。

要するにこの一件は、私がルネ・ルスキアに入学するより、前から動いていた話なのだ。

「だけど、どうしてその魔法を、あなたが会得しなければならないの？　守護者だから？」

「……それもあります。ですが、今の俺は、ただただ強くなりたいのです」

密《ひそ》かに握り締められた、トールの拳《こぶし》を見た。

トールは俯《うつむ》きがちで、その表情は黒い前髪によって隠れてしまっている。

「俺には、お嬢がどんどん遠くへ行ってしまっているような……そんな気の焦りがありました」

「え……？」

トールは僅《わず》かに視線を上げて、その黒髪の隙間から私を見た。どこか切なげな瞳《ひとみ》で。

「紅の魔女の魔術を操るあなた、魔法学校の学友たちと勉学に励むあなた、大切なものが増えていくあなた……。だけど、俺だけ、何の成長もしていない」

「トール……あなた」

「もう、お嬢にばかり、あんな魔法を使わせたくないのです。いざという時、俺だって、強い力であなたを守りたい。他でもない、あなたを。あなたを守れなければ、俺に生きている意味など無いのです」

その言葉は、以前にも聞いた。

あの時は私も一杯一杯で、その言葉について深く考えることができなかったが……

「もしかして、私が……カノン将軍に、怯《おび》えていたから？」

そう。あの時、だ。

「それは、きっかけの一つです。トワイライトの秘術は、それ以前から学んでいましたから。ですが、俺はただ……あなたに必要とされたかっただけなのかもしれません」

トールは眉《まゆ》を寄せ、苦笑した。だけどその笑顔は長続きしない。

「な、何言ってるのよ……っ。トールは大切よ。今でも私の、大切な家族だわ！」

まるで、私がトールを必要としていないように言う。

そんなはずはないと、私は必死になって訴える。

「では聞き方を変えます。あなたにとって一番居心地のいい場所は、もう俺の元ではないでしょう？」

「………………」

トールの問いに、先ほどまで勢いの良かった私の言葉が、喉《のど》の奥でつっかえた。

それを否定するのが、私には少し難しくなっていた。

無自覚であったがゆえに、面食らったのだ。

「すみません。答えづらいことを聞きました」

トールは、私に失望したことだろう。

もしかしたら、トールは私よりずっと、私のことを見抜いていたのかもしれない。

「俺ばかりが、あなたや、旦那《だんな》様のいたデリアフィールドに拘《こだわ》っている気がします。それが時々、無性に寂しいのです。ですがこれは、俺のただの独り言。お忘れください」

胸がぎゅっと、締め付けられた。

トールがそんなことを思っているなんて、知らなかった。

泣きそうになってしまったのは、デリアフィールドを去って悲しかったのは、私よりずっとトールであったと、今更ながらに思い知ったから。

「おーい、班長～」

その時、私を呼ぶ声がした。

声の方を向くと、ガーネットの9班のフレイとネロ、レピスが少し遠くにいる。

きっと、王宮で私を待っていてくれたのだろう。

「あ……」

だけど、このタイミングで、彼らの元へと行くのは……

「大丈夫ですよ。お嬢。お帰りください」

「でも、トール」

「………」

トールは切なげに微笑《ほほえ》み、立ち上がる。そして私に手を差し伸べ、優しく立ち上がらせてくれた。

騎士らしい振る舞いだが、私にはむしろ、それが他人行儀に思えてならない。

「夜も更けて参ります。班員の方々と、学校へお戻りください。……俺ももう、行かねばなりませんので」

触れていたその手にそっと口付けると、彼はもう、私を見ることなく踵《きびす》を返《かえ》して離れていった。

私はただ、その背中を見送る。

「……トール」

トールに言われて、気がついた。

確かに私は、トールと共にデリアフィールドに帰りたいという想《おも》いは、それほど強く持っていなかったのかもしれない。

私はトールに会いたいという思いを胸に、この王都にやってきて、その目標をすでに達成している。

だけどトールは違うのだ。

トールはずっと、デリアフィールドという故郷に帰ることを夢見ている。私たち、オディリール家の皆がいる、あのデリアフィールドに。

彼はそれを目標に、ずっとずっと、頑張ってきたんだ。

だけど、当の私が同じ目標を持っていないことに、トールはいつからか気がついていた。

トールの気持ちを考えると、切なくなる。だって、それはとても、とても寂しいことだから。

「違うのよ、トール。私は……あなたを……っ」

そう。私はきっと、根本的にトールと違うのだ。

トールは元に戻りたい。だけど私は、トールへの恋心に気がついてしまった。

だからもう、私は元には戻れないのよ、トール。

何も無い荒野のド真ん中で、私たちだけで気ままに過ごした、幼い頃の輝かしい日々。

お互いだけがそこにいて、それで完璧《かんぺき》だった、ただの騎士とお嬢様には。

第四話　終業式

　その日の夜、私はなかなか寝付けなかった。

　気がかりが多すぎるのだ。心がもやもやとして、仕方がない。

「眠れないのですか？　マキア」

　暗い部屋の、隣のベッドで横になっているレピスの囁《ささや》き声《ごえ》が響いた。

「……うん。ちょっと、ね」

「トールさんと何かあったのですか？　王宮から帰る途中も、浮かない顔をしていました」

「そう、ね。そんなところかしら」

「もしかして、私が教えていた魔法について、ですか？」

　心配そうなレピスの声。

　その表情が、暗闇でも想像ができる。

「ううん、違うのよレピス。それももちろん気になってはいるのだけれど……ちょっと、すれ違っちゃった」

潜り込む。

「ねえレピス、そっちに行ってもいい？」

「え？　いいですけど……」

レピスは不思議そうにしていたが、私はベッドから出て、いそいそとレピスのベッドに潜り込む。レピスは隣を空けてくれた。

「ねえ。レピスは終業式で、ルネ・ルスキアへの留学を終えてしまうの？」

「ええ……」

「フレジールに、帰ってしまうの？」

「ええ。そうです、マキア」

「……そっか。そうだったのね」

先ほど王宮で聞かされた、レピスの事情。

彼女のルネ・ルスキアへの留学期間は一年で、来年からは、元々所属していたフレジール皇国の魔導《まどう》研究機関に戻るらしい。

と言うことは、彼女がこの学校を卒業することはない。

少し考えれば、わかったことだ。

だけど私は、ガーネットの９班としてずっと一緒にこの学校で学んでいくのだと思っていた。

「すれ違い、ですか？」

そんな風に錯覚していた。

私自身も、守護者という立場で、この学校を後にするというのに。

「マキアはどうするのですか？」

「え？」

「マキアも、フレジール皇国に来るのですか？　守護者の一人として」

「…………」

しばし、言葉を失う。

だけど、トールに魔法を教えているレピスの立場から、なるほど、とも思った。

「そっか。レピスは知っていたのね。私が守護者の一人だって」

「ええ。私は王宮の命により、トール・ビグレイツに空間魔法を教えていましたから。マキア、あなたの元騎士である、あの方に」

「私が前に言ったことを覚えている？　あなたに似た人がいるって。あれ、トールのことよ。レピスはどう思った？」

この問いかけに、レピスは「んー……」と少し考え込むような声を漏らした。

「そうですね。なるほど、と思いましたよ。生き別れの兄弟かと」

「でしょう⁉　そうだったら面白いのにね～」

そしてお互いに、くすくす笑う。

「トールはレピスに教わっている魔法を、なかなかうまく行使できないと言って、かなりへこんでいたわ。あんなトール初めて見た。……ねえ、レピスから見て、そこのところどうなの？」

「……そうですね。まだ荒削りですが、仕上がりつつあります。恐ろしく才能のある方ですから、感覚さえ摑《つか》めばすぐに使えるようになると思います。そもそもあの術は、本来、このような短期間で習得できるものではありませんから」

「へえ〜。やっぱりトールは、レピスから見ても才能あるのねえ」

「ええ。かなり」

知り合いに、自分の家族を褒められるのはとっても嬉《うれ》しい。

だけど一方で、今日知ったトールの胸の内側を思い出し、鼻の奥がツンとしてくる。

「マキア？　大丈夫ですか？」

「だっ、大丈夫よ。大丈夫」

レピスが敏感に、私の心の揺れを感じ取っているようだ。

私もまた、レピスに、ずっと気になっていたことを尋ねてみた。

「ねえ。レピスは、どうしてこの国に……ルネ・ルスキア魔法学校へ来たの？　トールに魔法を教えるだけなら、ルネ・ルスキアに通う必要は無かったと思うのだけれど」

レピスは少しの沈黙の後、

「取り戻したいものがあるのです」

彼女にしては少し強い声音で、そう告げた。

「取り戻したいもの？」

「…………」

私はしばらく、レピスの返事を待った。

その一言に、私の知らないレピスの感情を垣間見《かいまみ》た気がしたからだ。

彼女が何も言いたくないのなら、やはり無理に話を聞くまいと思っていたのだが、レピスは少しして、自分の身の上のことを話してくれた。

「以前、トワイライトの一族とは〈黒の魔王〉の末裔《まつえい》であると、話をしたことがありますよね」

「ええ。聞いたわ」

確かそれは、初めての班課題をこなしていた時のことだ。

薬園島《やくえんとう》の滝の裏の洞窟《どうくつ》にて、私たちガーネットの9班の間で、その話題が出たのだ。

「トワイライトの一族とは、エルメデス帝国とフレジール皇国の国境の山中に隠れ住まう、幻の一族と言われていました。あまり人里に下りる事が無かったからです。我々は〈黒の魔王〉の残した魔法を継承しながら、帝国や皇国のどちら側にも属さず、独自の自治を貫いていました」

それは、一つの一族でありながら、一つの国を成していたと、レピスは言った。

閉じた一族であったのは、かの魔王の魔法が外部に広く知れ渡ってしまうのはとても危険だったからだと、レピスは先代の族長に聞いたという。

「私たちは平和に暮らしていました。しかしある日、エルメデス帝国の従える魔物の軍隊がやって来て、トワイライトの隠れ郷に押し入り、全てを燃やし尽くしたのです。そして、魔法を使える者たちを捕らえ、その他を虐殺しました。老人も、女も子どもも、みんな」

「……え……」

「おかしいでしょう？　かつて〈黒の魔王〉が救った魔物たちが、今度はその末裔である私たちを殺したのです。かの王の恩恵を忘れ、帝国に従った……っ」

「…………」

いつも冷静沈着のレピスの、隠しきれない憎悪を滲《にじ》ませた声。

怒りに満ちた強い魔力が伝わってくる。

当然だと思える彼女の憎しみ、その過去、その背景に、私は絶句していた。

「私は一族の数名とともに、命からがら逃げ延びました。そして、フレジール皇国に助けを求めました。フレジールは生き残りである私たちを保護してくださり、今も守ってくださっています。ですが、一族の大半は、帝国に囚《とら》われたか、殺されたか、そのどちらかです」

スルッと掛け布団が動いた。

レピスは自分の義手を布団から出して、暗闇に掲げている。

「あの日の光景を、目に焼き付いた炎を、私は忘れられません。帝国が欲したのは、〈黒の魔王〉の秘術書と、トワイライトの一族が確立した〝転移魔法〟の技術でした」

「転移……魔法……？」

その話を聞いて、ゾクッと寒気がした。

ある事が、私の頭の中で繋《つな》がったのだ。

帝国はここ数年前から飛躍的に〝転移魔法〟の技術を向上させ、ルスキア王国にすら、その魔の手を伸ばそうとしている。

先日の同盟国会議でも議題に上った話だ。

それは、おそらく、トワイライトへの襲撃から始まっている――

「マキアならもうお気づきでしょう。帝国が転移魔法の技術を向上させたのは、トワイライトの魔術師を無理やり従わせ、戦争に用いる道具をいくつも開発させたからです。一族が継承した〈黒の魔王〉の魔法は、すでに帝国の手中にある」

それがいかに深刻な事態かは、きっと私以上に、レピスや国の上層部が理解しているのだろう。だけど、私にだって、少しくらい想像できる。

例えばの話、〈紅《くれない》の魔女〉の魔法が敵国に渡ったようなもの……ということでしょう？

「レピスは、これからどうするの？」

「私は、帝国に囚われている一族の者たちを、解放してあげたいのです。そのために戦い続けます」

「ルネ・ルスキアへ来たのも、あなたの、戦いのため？」

「ええ。そうです。それ以上は言えませんが……」

「………」

しばらく、沈黙した。どうしても言葉が出てこなかった。

私は〈紅の魔女〉の一族の末裔だ。

だからこそ、同列に語られる〈黒の魔王〉の末裔であるレピスとは、通じ合うものがあると感じていた。

だけど、全然違う。私とレピスでは、背景がまるで違う。

紅の魔女の末裔として嫌味や悪口は散々言われて来たけれど、レピスは多くの血を見て、故郷と同胞を失った。悲劇と絶望の果てに、この地に至ったのだ。

全ては、囚われの仲間を助けるために。

「もしかして、その手足の義肢は……」

「ええ。トワイライトの隠れ郷から逃げる際、失いました。ですがおかげで得た力もありますから、この義肢は私にとって、それほど嫌なものでもないのです」

「でも……っ、酷《ひど》い話だわ！　私、平和なルスキア王国に生まれたから、外の世界のことをちっとも知らなかった。レピスが、そんな目にあっていたなんて……っ」

異国の人間たちが、ルスキア王国の人々をこぞって平和ボケしていると言うわけだ。

外では考えられないような残酷なことが起こっていて、生と死が隣り合わせで、誰もが戦争に怯《おび》えている。

レピスが手足を失ったのは、十歳の頃のことだったという。

十歳。私はあの田舎で、両親に大層愛され、幸せに暮らしていたわよ。

ぎゅっと握りしめたのは、レピスの右の義手だ。

冷たくて、硬い。今の今まで、レピスのこの義手の手触りを気にすることはなかった。

だけど、今回ばかりはそうもいかない。

彼女が失ったものの大きさを考えれば……

「私には、何ができるの？」

レピスの友人として。

でも、何かができる気がしない。私はやっぱり、まだまだちっぽけな魔女だ……

「マキアには、きっととても大きな役割があると思いますよ」

「それって、守護者として？　それとも、紅の魔女の末裔として？　だけど私は、私自身は、何も特別ではないのよ」

「いいえ。そんなことはありません。マキアは特別ですよ」

少なくとも私にとって、とレピスは小声で付け加えた。

「マキアだけではありません。きっと、フレイさんやネロさんにも、特別な役目があるのです」

「……ガーネットの9班？」

「ええ、そうです」

そこで彼らの名前が出るとは思わず、私は少し驚いた。

「あなた方との出会いは、きっと、私のこれからを……大きく左右するでしょう……」

レピスはそのように囁《ささや》いて、それ以上は、もう何も言わなかった。

長い沈黙が続いたので、顔を横に向けてみると、レピスは目を閉じて寝ていた。

小さな寝息が聞こえるので、本当に寝ているのだと思う。

そしてレピスは、一度寝るとすぐには起きない。

「レピス……」

私はレピスに体を寄せて、少しだけ泣いた。

悔しいのか、情けないのか、よくわからない感情でいっぱいだ。

レピスが語った彼女の過去を今一度思い出し、思い巡らせる。しかしきっと、私が考える以上に、それは残酷な出来事なのだろう。

レピスにとって、忘れることなどできない記憶なのだろう。

いよいよ、終業式の日となった。

入学してからこの日を迎えるまで、事件は色々とあったけれど、学校生活は常に平和で、有意義だった。

結果がどう出るかは分からないが、この一年間、頑張ってきたと自信を持って言えるし、それをとても清々《すがすが》しく思う。

さて。ガーネットの一年生の終業式は、灯台記念広場にて行われる。

ルネ・ルスキア魔法学校の頂きに聳《そび》え立《た》つ、魔法水晶を掲げる大灯台——学校の象徴を前に、生徒たちがずらずらと並んでいる。

「おい班長。あれ、救世主ちゃんじゃね？」

「え？」

フレイに肩をつつかれ気がついたのだが、来賓席に見覚えのある少女が、いかにもお忍びというような風体でそこにいた。

アイリだ。なぜにアイリがここに!?　守護者たちもいるし。

「あ、トール……」

トールもまた、アイリの傍らにいる。トールは私の視線に気がつくと、いつも通り微笑《ほほえ》んで一礼した。昨日のことは、まるで無かった事かのようだ。

終業式が始まり、粛々と進む。

「では、ガーネットの一年生諸君。本年度の成績優秀者を発表する！」

ライラ先生が声を張り上げる。

生徒たちは誰もが緊張し、式の空気が変わった気がした。

ついにこの瞬間がやってきた。

終業式では後期試験の結果を踏まえ、各学科の成績優秀者が発表される。

「魔法薬学首席、マキア・オディリール」

「よっし！」

最初から私の名が読み上げられ、私は思わずガッツポーズだ。

パチパチパチと周囲から拍手が送られる。

しかしここは狙い通り。絶対に逃してはいけないところだった。

いやいや、叔父様《おじさま》の贔屓《ひいき》は入ってないはず。後期試験は満点だったし！

「エレメンツ魔法学首席、ベアトリーチェ・アスタ」

「おーっほほほほ。当然ですわ！」

よく聞く高笑いが響いた。当人の取り巻きたちが盛大に拍手を送る。

……ちっ。ここはベアトリーチェに取られたか。

エレメンツ魔法学と言う分野は、アスタ家の得意とするところだ。ベアトリーチェだって、ここだけは逃すまいと必死になって頑張ったのだろう。

ここは素直に認め、褒めてあげるわ……おめでとうベアトリーチェ！

「魔法世界史首席、ネロ・パッヘルベル」

「…………」

「ちょっとネロ、少しは喜びなさいよ」

せっかく我が9班からもう一人、教科別の首席が選ばれたと言うのに、当の本人はまるで他人顔。嬉《うれ》しいのかそうでないのか、ちっともわからない顔をしている。

なので私たち9班のメンバーが、必死になって拍手をしてあげる。

「次に、魔法体育首席の発表だ！」

自分の担当教科だからか、ライラ先生の声に、一層張りが出る。

「魔法体育首席、ダン・ホランド！」

「――え!?」

ここにきて伏兵現る。まさかの3班班長、ダン・ホランドが首席!?

いや確かに、あいつは学年でも頭一つ抜けて動ける奴だった。最後の実技試験が大きく評価されたのだろう。

特待生候補の私とネロとベアトリーチェが、唯一苦手かもしれないのが、この魔法体育という教科だった訳だし。

3班のメンバーが「さすがはダン！」「やっぱダンはカッケーや」と彼を激賞している。

魔法体育の首席は、王宮魔法兵か魔法騎士への学校推薦が受けられるため、将来的に王宮勤めがしたい者にとって、未来への道が開ける特別な教科だ。ちなみに私は次席だった。

うう～、これは最終的な結果がわからなくなってきたぞ。

「最後に、精霊魔法学首席――ネロ・パッヘルベル！」

「って、またネロ！　やっぱり筆記テストでちょこちょこミスしちゃったからかあ～っ」

「マキアうるさい」

ローテンションのネロに、もう一つ首席を取られてしまった。

だが、あの超絶難しい精霊魔法学の筆記テストで、学年唯一満点をとったネロが首席であるのは当然かもしれない。

最後の実技試験である精霊探しでも、パン校長と並ぶ灯台守ジーンのサインをゲットしてたしね。

私は悔しさをむき出しにして嘆く一方、ベアトリーチェもまた、爪をギリギリと噛《か》んでいた。お互いどんまいって感じだわ……

各教科ごとの首席の発表が終わり、ここで我が校のパン校長が、大鏡より顔を出した。

「それではガーネットの一年生による最後の班課題〝生活魔法道具コンテスト〟の結果発表を致しますぞ！」

きた！

ガーネットの特待生を決めるにあたって、とても重要な得点となりえる、生活魔法道具コンテストの結果だ。

私は拳《こぶし》を握りしめ、大鏡から顔を出すパン校長をガンガンに見つめていた。

「生活魔法道具コンテスト第一位は……ガーネットの3班〝魔法玩具ヤング・ジャンク〟ですぞ！」

「よっしゃあああああっ!!」

歓声に沸いたのは、我々9班ではなく、ライバルの3班の班員たちだった。

ああ、そっか〜。負けたか……

しかもなんか、魔法道具の名前かっこよくない？

私たちなんて「魔導《まどう》式小型暖房ポカポカ」だったんだけど、名前のダサさが減点されたかしら？

しかし、第一位が3班ならば納得もできるというものだ。

あのネロも、隣でうんうんと頷《うなず》いているのだから。

「ガーネットの3班の皆さん、壇上へどうぞ」

生活魔法道具コンテストは、王都の企業や商会の援助もあって成り立っていたので、優勝した班員たちは記念にトロフィーと特典を貰《もら》えるようだ。何それ羨《うらや》ましい。

3班のみんなは、少々緊張しつつも、壇上に上がった。

そして、班長であるダンにマイクが渡される。

ダンは、やってやったぜと言う満足顔で、開口一番、

「ま、当然でしょ。金持ちの甘ちゃんどもには負けねーよ」

などとのたまい、貴族出身の学生たちから盛大にブーイングを浴びた。

庶民出身の生徒からしたら、その姿すらカッコ良く輝いて見えるらしく、尊敬の眼差《まなざ》しをも同時に集めている。我が学年の、新手のカリスマ誕生だ。

「この結果を伝えたい人はいますかな？」

パン校長の不意な質問に、今の今までドヤ顔だったダンの表情が強張《こわば》った。

ダンだけではない。ガーネットの3班の皆が、同じ様子だ。

ダンは、ぐっと歯を噛み締《し》め、トロフィーを抱えたまま声を絞り出す。

「バチスト先生にも、見てもらいたかったです……っ」

頭のバンダナを押さえ、男泣きするダン・ホランドの姿に、私もまた込み上げるものが

あった。

そうだ。ガーネットの3班とは、孤児院出身の生徒で結成された班だ。

彼らがこのルネ・ルスキアに入学できたのは、ユージーン・バチスト先生の尽力が大きかったと、3班の班員に聞いたことがある。

ダン・ホランドも、彼についていっている他の班員たちも、皆、恩人のバチスト先生が亡くなって、どれほど悲しかっただろうか。

バチスト先生が、自分たちをここへ導いてくれたことが〝正解〟であったと、彼らは確かに証明してみせたのだ。そしてこれからも、証明し続ける。

大きな拍手を彼らに送る。

おめでとう。本当におめでとう。

彼らの作ったおもちゃの中に、私の集めたグミも使われていることを、ちょっぴり誇りに思う。

私だけでなく、ネロも、レピスも、フレイすらしぶしぶ拍手を送っていた。

「それでは、皆様お待ちかね。総合成績の首席を発表しますぞ」

生徒たちが静まり返った。

ゴクリと生唾を呑《の》み込み、校長先生の言葉を待つ。

いよいよ、総合成績の首席が発表されるからだ。

総合成績の首席は、ガーネットの特待生としての栄誉を賜る。

「……？」

しかしその時だ。

グラグラと、軽く地面が揺れるような感覚を覚え、誰もがキョロキョロとし、僅《わず》かにざわついた。

何だろう。地震かしら……？

最近地震が多いな、なんて思っていたら——直後に立っていられないほどの地の揺れを感じ、ガラスを引《ひ》っ掻《か》くような嫌な音が響いた。

「きゃあああああっ！」

鋭い悲鳴が一斉に上がる。

灯台が抱く巨大な魔法水晶《ラクリマ》が弾《はじ》けるように割れ、その鋭い破片が広場の私たちに降り落ちたのだ。

生徒たちの真上には、頑丈な魔法壁が何重にも張られる。教師陣の魔法だ。

中でもユリシス先生は険しい顔をして、灯台を見上げている。

壊れた魔法水晶の残骸《ざんがい》を。

屈《かが》んでいると、隣でネロが声を低めて言った。

「僕は見た。真横から一直線に与えられた光の衝撃によって、あのラクリマは意図的に破壊されたんだ……っ」

「なんですって？」

半ば信じられないが、彼の瞳《ひとみ》を覆う魔道式コンタクトレンズが、仕切りに何かを分析している。彼が見たと言うのなら、きっとそうなのだ。

攻撃？　誰が？　何の目的でこの学校を？

確かあの魔法水晶って、このルネ・ルスキアのあらゆる魔法機能の要《かなめ》だったはずだ。

あれが破壊されたってことは、魔法学校は今、魔力の供給が絶たれ、各機能が停止している状態だ。それってとても危険なのでは……

「!?」

私たちが混乱している間に、ルネ・ルスキア魔法学校の南側の上空に巨大な魔法陣が浮かんでいる。

あの魔法陣には見覚えがあり、私は息を呑《の》んだ。

「嘘《うそ》でしょ、あの魔法陣って……」

「ええ、間違いありません。あれは帝国の転移魔法の魔法陣です……っ」

側にいたレピスもまた、絞り出すような声で断言したことで、嫌でも悟る。

――これは、北のエルメデス帝国の攻撃だ。

魔法陣から何かが降りてくる。点々とした黒いもの。

最初は何かわからずにいたが、遠視の魔法を使った教師や、魔法のコンタクトレンズを持つネロが、ありえないというような表情をしていた。

私は今一度、空を見る。よく目を凝らして見る。

空より舞い降りる黒い点々は、歪《いびつ》な形をした、生命体のようだった……

「まさか……魔物……？」

まるで作り物か被《かぶ》り物かのように思えるのは、我々がそれを、今の今まで見ずに生きてこられたからだ。

だけど、私は知っている。剥製《はくせい》で何度か見た。

あれは——魔物だ。それも、大鬼《オグル》に違いない。

「魔物だ！　魔物がルネ・ルスキアに降りてくるぞ！」

誰かの切羽詰まった叫び声で、生徒たちもそれを知る。

「魔物だって……」

「嘘だ。なぜルスキア王国に……」

困惑が、恐怖に塗り替えられるのは、一瞬だった。

あちこちから上がる悲鳴は鋭さを増し、誰もが押し合い、逃げ惑う。安全だと思っていたこの学《まな》び舎《や》で、未知の恐怖に支配されている。

「落ち着いて！　みんな、ライラ先生の指示に従って、ラビリンスへ！」

「ラビリンスへの入り口はこちらだ！　押し合うな！」

メディテ先生やライラ先生の大声が、広間に響いていた。

ルネ・ルスキアの教師たちが、声を張り上げ、地下にある学園島ラビリンスへの避難誘導を始めた。

まるで現実感がないが、今まさに、この学校が緊急事態に見舞われている。

今までも様々な事件があったけれど、学業の節目とともに、それは否応《いやおう》無くやってきた。

――今日この日、何かが変わる。

きっと誰もが、こう思っている。

予感がする。胸騒ぎがする。

直後、眩《まばゆ》い光が周囲を照らし、私はハッと顔をあげた。

「ユリシス……先生……」

ユリシス先生が壇上で高々と杖《つえ》を掲げている。

割れた、灯台の魔法水晶が、ユリシス先生の魔法によって修復されていく。

魔法水晶の破片が光を帯び、組み合わさった瞬間に、キインと心地よい音が響いていた。

先生の魔法――壊れたものが直されていくその様子は、この状況下ですら美しく思う。

「ラフォックス！」

そして、ユリシス先生はある精霊の名前を呼ぶ。

ツヤのあるオレンジ色の狐《きつね》がユリシス先生の目の前に現れ、すぐに青年の人形《ひとがた》に変化する。以前、私も会ったことのある庭師ラフォックスだ。

「吟遊狐《ぎんゆうぎつね》のラフォックス、参上致しました」

そして、羽のついた帽子を取って、優雅にお辞儀する。

「状況を説明してくれ」

「は。殿下のご想像の通り、帝国の魔術師が学園島の結界を破り、ラクリマを破壊した模様です。地震の起こっている間、魔法水晶《ラクリマ》の機能が一時的に地震対策に向かうため、その隙を突かれたものかと」

「帝国の魔術師……？」

「空間魔法に長《た》けた魔術師が、複数、ルネ・ルスキアに侵入した様ですね。彼らはゲートを浅瀬に落とし、あの大転移魔法を展開しました」

ラフォックスは飄々《ひょうひょう》と答えるが、ユリシス先生の表情は険しい。

「学園島には多数の生徒が散っている。何より先に、生徒の避難が最優先だ」

ユリシス先生は杖で地面を、強く突いた。

そして厳かな声で、命じる。

「ルネ・ルスキアを守護する全ての精霊に告ぐ——学園島にいる全ての生徒を守り、ラビリンスに避難させなさい」

木々がざわつき、風が、精霊たちへの命令を伝えて行くのがわかる。

この時、どうしてユリシス先生にルネ・ルスキア魔法学校全ての精霊への命令が可能だったのか。それが教師に与えられた権限だったのかどうかはわからなかったけれど……

どう見ても、深刻な状況だ。

大規模な転移魔法とは、敵が攻めてくる予兆すら与えることなく、奇襲のような形で攻め込むことを可能とする。それは我々に混乱をもたらし、防戦以外の選択肢を与えない。

私はどうしたらいいのだろう。どうしたら……

「班長！　足止めてんな！　地下へ逃げろって言われただろ！」

「あ……っ」

しかし、フレイに腕を取られ、生徒たちの波に押される形で、私は、開放された地下迷宮への入り口に急いだ。

強い葛藤《かっとう》と、猛烈な不安に、煽《あお》られながら。


学園島ラビリンス――ルネ・ルスキアの地下に築かれた、難攻不落の最後の要塞《ようさい》。

その第一階層にある〝塩の迷路〟に、生徒たちは避難していた。

ここは以前、班課題の授業でも活用された場所だ。白い砂糖菓子のような通路や階段が、吹き抜けの空間を迷路のように繋《つな》いでいる。かつて、私のご先祖様である〈紅の魔女〉が提供した塩の森の塩が、ここを築く素材となったのだという。

あの授業では、倒すべき敵としてオートマトンが配備されていたが、今回ばかりはオートマトンも生徒たちを守る機械の兵士だ。

低学年から高学年まで、あらゆる学年が入り交じっていることから、学園島で催されていた終業式の途中、皆がここへ避難させられたようだ。各学年の終業式は、近い場所で催されていたから。

ラビリンスへの入り口も、きっと学園島のあちこちにあるのだろう。学校に何かあった時は、ここへ逃げる仕組みになっているに違いない。

生徒たちは誰もが蒼白《そうはく》な顔と、青紫色の唇をしている。

無理もない。遠くからではあったが、生まれて初めて、魔物と言うものを見た。

敵国が放った数え切れないほど多くの魔物が、平和だったこの学校に侵入し、我々の元に迫っているのだから。

「あんなものがルネ・ルスキアに上陸したらどうなるんだろう」

「きっとみんな、なぶり殺しにされるんだ」

「見たことのない、醜い化け物だったわ……っ」

あちこちで、不安と恐怖ばかりの声が聞こえる。

外がどうなっているのかもわからないし、これからどうなってしまうのかもわからない。

ここにいても、襲われるかもしれない。

学校だけの話じゃない──ルスキア王国、全体の問題だ、これは。

どうしてこんなことになってしまったのだろう。

国も、学校も、警戒していたはずなのに。

バチスト先生が〈青の道化師〉に乗っ取られた時に、この状況に至る重要な何かが漏れたとでもいうのだろうか。

今日この日を以《もっ》て、長らく守られていたこの国の、私たちの平穏が、破られた──

「おい、大丈夫か、班長」

フレイが私の肩を揺さぶる。

私はハッとして、すぐそこにいるフレイとネロの顔を交互に見た。

だがその時、やっと、気がつく。

「ねえ……待って。レピスが居ないわ」

「……!?」

ずっと、私たちの側にいるものだと思っていた。

だけど、周囲を見てもどこを捜しても、レピスが居ない。見当たらない。

私はバカだ……っ。あれこれとどうしようもないことを考えて、大事な仲間の安否を確認していなかった。

「もしかして、地上に残されたんじゃ……っ」

「あのレピス嬢だぞ！　逃げ遅れたなんて、そんな」

フレイが顔を引きつらせ、首を振る。

「……いや。もしかしたら、意図的に地上に残ったのかも」

ネロの意味深な言葉に、私はひゅっと息を止めた。

いや、まさか、でも……レピスの事情を聞いたばかりだったからか、様々な憶測が脳裏をよぎった。

逃げる際に聞いた、ユリシス先生とラフォックスの会話を思い出す。

ルネ・ルスキアの魔法機関を司《つかさど》る魔法水晶《ラクリマ》が壊されたのは、空間魔法を得意とする複数の魔術師が、虚を衝《つ》き、結界を破ったからだと……

「……っ」

ダメだ。やっぱり、レピスを捜しに行かなくちゃ！

とてつもなく嫌な予感がするのだ。もう二度と、レピスに会えなくなるような……

「おいおいおい、無茶はよせ班長！　気持ちはわかるが、俺たちがどうにかできる状況じゃない！」

フレイが止めるのも聞かずに、私はこのラビリンスから出る出入り口を探す。

私たちが入ってきた出入り口は、すでに封鎖されていて、オートマトンが配備されている。焦りだけが急激に募っていく。フレイとネロは、ここから出ようとする私を止められないまま、ついてくる。

「マキア！」

その時だ。私の名を呼ぶ大きな声に、振り返った。

「……アイリ」

お忍びで終業式に来ていたアイリが、不安そうな顔をしてそこにいた。

きっと、彼女もこの塩の迷路に逃がされたのだろう。アイリの側にはギルバート王子がいるが、同じ守護者であるトールとライオネルさんの姿はない。

「どこ行くの、マキア。外は危険だよ！」

アイリが私に縋《すが》って、私の足を止める。

少し驚かされた。アイリが私の心配をしているように見えたからだ。

だが、私もまた冷静ではいられなかった。

「ア、アイリ。でも、友だちが……親友が地上に取り残されているの」

私は、私に縋るアイリを震える手で引き離す。

「私が助けに行かなくちゃ。私が……っ」

どうしよう、レピスに何かあったら。

レピスは、なぜ私たちに何も言わずに、一人で外に残ったの。

「だ、だったらあたしを連れてって。あたし、救世主の力で姿を隠せるの！　だから……」

アイリがしきりに、自分を連れて行くように言う。

彼女の言動が不可解だった。なぜ、私を心配し、私に協力しようとしているのか。

彼女は私が、嫌いだったはずではないのか。

「ダメだアイリ！　敵がルネ・ルスキアを襲撃する狙いは、君かもしれないんだ！　酷な話だが……っ、アイリだけは何としてでも守り通さなければならない」

「そんな、ギル！」

「私だってこのようなことは言いたくない！　だが、今度ばかりは、君のわがままは聞いてやれない！」

　ギルバート王子が大声を上げ、アイリを制する。

　その必死な形相が物語っている。

　この状況下で、救世主アイリを守れるかどうか、その瀬戸際で選択を迫られている。

　守護者として。この国の王子として。……彼の選択は正しい。

　私もまた、一人の守護者としての立場を思い出した。混乱していた心が、スッと冷静になる。

　そして、青い顔をして私を心配するアイリの肩に手を置いた。

「アイリ、ありがとう。でも、このラビリンスにも敵が現れるかもしれないわ。あなたはここに居て、ここのみんなを、不安がっている生徒たちを守って。お願い」

　アイリが涙目になって、首を振る。

「マキア……っ。だけどあたしは、マキアに、謝りたくてここに――」

「お願い」

　強く、強く念を押すことで、アイリをここに留《とど》めた。

　アイリもまた、これ以上無茶を言うのは意味がないと悟ったのか、ゆっくりと視線を落とし、胸元でギュッと短剣の鞘《さや》を握りしめる。

　そして、

「……マキア。地上ではトールとライオネルが戦っているよ。何かあったら、二人に助けを求めて」

「アイリ」

「あたしって、本当に役立たずだね。だけど……君たちが帰ってくるまで、あたしがここを、必ず守るよ」

その言葉に、私は妙な安堵《あんど》を覚える。

感覚的なものではあるけれど。

救世主アイリの姿を、そこに見た気がしたのだった。

第五話　トワイライトの一族（上）

「貴様ら、どこへ行く！　外へ出るな首席を剝奪《はくだつ》するぞ！」

私とネロとフレイは、ライラ先生の怒声を背に、塩の迷路から出た。

我々がここへ入った出入り口が、再び開いたからだ。

逃げ遅れた生徒たちが雪崩のように駆け込んでくるが、流れに逆行しながら私たちは再び地上に飛び出した。

「きゃあああっ」

「怯《ひる》むな！　大鬼《オグル》がこちらに来てるぞ！」

「…………」

地上に出てすぐ、悲鳴を聞いた。更には腹に大きな穴を開けて死んだ大鬼の姿を目にし、私たちは戦慄《せんりつ》する。

ちょうどラビリンスの出入り口付近を、数人の教師たちが守っている。中でも魔法薬学のメディテ先生が地面に魔法陣を描き、何か魔法の準備をしていた。

彼の左腕は、すでに裂かれた跡があり血まみれだ。片眼鏡もヒビが入っている。

「メディテの叔父様《おじ》……っ！」

私たちが駆け寄ると、メディテ先生は目を大きく見開く。

「マキア嬢……どうしてここに…っ、君たちは早く、第一ラビリンスに逃げろ！」

「だけど、叔父様が！」

「大丈夫。これはちょっとしたかすり傷だ。それにどうせ、今から使う魔法には自分の血が大量に必要だからね。ちょうど良かったというものだよ」

叔父様は目を凝らし、しきりに周囲を警戒している。

あちこちで、聞いたことのない化け物の悲鳴や、唸《うな》り声を聞く。すでに大鬼がこの近くに迫っているのだ。

前線では大鬼の侵攻を食い止めるべく、多くの教師たちや、ルネ・ルスキアを守護する精霊たちが戦っているという。

——だが、敵は確実にここまでやってくる。

「生徒たちがみんな地下に逃げたら、俺がここに毒の霧を撒《ま》く算段だ。大鬼の苦手な、強力な毒だ。君達もただでは済まない。早く地下に逃げなさい！」

「だけど、それじゃあ叔父様が……っ」

「俺は教師だ！　こういう時に、生徒を守る義務がある。それに俺は、ある程度の毒には耐えられる。知っているだろうマキア嬢」

それは確かに、その通りだ。

メディテの叔父様は体にあらゆる毒を取り込んでおり、その抗体を持っている。

大鬼に効く毒というのも、叔父様の血を元にここで魔法錬成するのだろう。

そういったことができるのがメディテ家の毒の魔術師なのだが、毒はあくまで生徒を守るための時間稼ぎにすぎないと、叔父様は言った。

「くそっ、王宮の魔法兵や騎士団はまだこねーのかよ！」

「フレイ殿下。学園島周辺は敵側の結界に包囲されており、王宮の兵は学園島に近づくことができないようなのです」

メディテの叔父様は、今ばかりはフレイをこの国の第五王子として扱い、このように告げる。

「おそらくルネ・ルスキアの生徒を人質に、王宮に何か要求するつもりかと」

「な、なんだよそれ……」

最悪の状況。誰もがそう感じた。

このままだと、たとえ全員がラビリンスに逃げ延びたとして、ルネ・ルスキアの生徒たちが敵の手中であることに変わりなく、ルスキア王国は最悪の選択を迫られる可能性がある。

ルネ・ルスキアには貴族の子息が多いばかりか、ちょうど救世主アイリや、王子も数人いる状態だ。人質として、格好の孤島であったのだ。

「フーガ！」

その時、ネロの精霊フーガが、空よりネロの元へと舞い降りる。

「レピスを見つけたようだ！　南の林道にいる」

南の林道？　海岸に繋《つな》がる林道に、なぜレピスが？

だが、考えている余裕などない。レピスを見つけて連れ戻さなければ。

「行ってはダメだ！　あちらには大鬼が大量に迫っている。魔物相手に、君たちじゃあ敵《かな》わない……っ！」

叔父様の懸命な呼び声を振り切る形で、私たちはレピスの元へと走った。

ごめんなさい叔父様。だけどレピスを見捨てることはできない。

ごめんなさい、ごめんなさい……っ。


空を見上げれば、浮遊魔法で空を飛び交う魔法学校の教師たちや、精霊の姿が見えた。

教師たちは逃げ遅れた生徒や、怪我《けが》をした生徒の避難を優先しつつ、侵入した大鬼の侵攻を精霊とともに食い止めている。

どうやら大鬼たちは南の海岸より林道を抜け、この学校に侵入しているようだ。

私たちがそちらの方向へ行けば行くほど、大鬼の死骸《しがい》に出くわす。

林道を、血の匂いが漂っている。

それになぜか、あちこちにナイフが落ちている。何の装飾もない簡素な鉄のナイフだ。

「いくつか拾っておこう。きっと役立つ」

ネロの提案に、私もフレイも無言で頷《うなず》き、剣を拾った。

確かに私たちは、何の装備も持たずに飛び出してきてしまった。魔法のみで何とかできると思っているのは魔術師の傲《おご》りだと、エスカ司教からも聞かされていたのに。

幸いまだ、人間の死体は見ていない。

そんなものは見たくもないが、たとえ大鬼の死骸であっても、血の色や匂いが……転生前に、学校の屋上で見た惨劇を、私の脳内にフラッシュバックさせる。

吐きそうなほどの異臭と、目眩《めまい》がするほどの嫌な予感に、何度も気が滅入《めい》った。

「止まれ」

先頭を走っていたネロが私たちを止めた。

どうやら彼のコンタクトレンズが、周囲を蠢《うごめ》く敵の存在に気がついたようだ。

「前方に一体、右に一体、左に二体」

「大鬼か？　おいおい、どうするんだ」

「大鬼は火が苦手だ。火の魔法で焼き払うしかない。こちらにはマキアもいるし、三人で同時にやれば、火力は十分に足りるはずだ」

意外にも、ネロは大鬼に対し冷静で、躊躇《ちゅうちょ》も無かった。

もしかしたら大鬼との遭遇経験や、戦闘経験があるのかもしれない。

私たちはお互いに顔を見合わせ、頷いた。そして、

「――炎よ」

ネロが前方、フレイが右方、そして私が左方に向かって、私たちが知っている純粋な炎の魔法を放った。

三方向に放たれた炎は、林の草木を這《は》う炎の大蛇となって敵を焼き払う。

耳を擘《つんざ》く悲鳴は、今まで私が聞いたことのない生き物のものだった。

その断末魔を無視して前進できるほど、私たちは命を狩る戦いに慣れていない。

敵がどのような存在であれ、正しく生き物であることを痛感したからだ。

私が自身を平静に保つことに集中している隙に、左方の炎と炎の隙間から、一体の大鬼が飛びかかってきた。私はそれを目の端で捕らえる。

「マキア！」「班長！」

ネロとフレイが同時に私を呼ぶ。

しかし私はこの時、大鬼に対しどう戦うべきかとっさに判断していた。

そうできるよう、すでに体は準備していた。

先ほど拾っていたナイフに薄く洗練された炎を纏《まと》わせ、大鬼に投げる。刃《やいば》は一直線に大鬼の額に突き刺さり、敵は悲鳴を上げ、火だるまになりながら逃げ去った。

「はあ、はあ、はあ」

――また、エスカ司教との修業が実を結び、実践で役立った。

ナイフを投げて的に当てる練習は、毎回素振りのようにやりこなしていたからだ。

命中率はそれほど良《い》い方ではなかったが、本番で命中したこれも火事場の馬鹿力と言うやつか……

今になって、ナイフを投げた手が震えてくる。

顔を上げると、ネロとフレイが目を丸くして、こっちを見ていた。

「ん、何?」

「何ってお前。お前が何だよ。何でいきなり、そんなことができるんだよ。しかも無詠唱だし」とフレイ。

「まるで魔法兵のような戦い方だった」とネロ。

あ、そっか。この二人は私が対魔物用戦闘訓練をしてきたことを、知らないのか。

「説明は後よ。早くレピスを捜さなくちゃ」

今の戦いで、なぜかスッと心の乱れがなくなった。覚悟が定まったと言うべきかもしれない。

たとえ敵が命ある生き物であろうとも、結局私たちは、自分にとってかけがえのないものを全力で守るしかないのだ。

それすらギリギリのラインで、敵に大切な学校を踏み荒らされ、命を脅かされているのだから……

空を飛ぶフーガの案内を再び目印にしながら、レピスを捜した。

先日レピスが語った凄惨《せいさん》な過去の話が、ずっと、ぐるぐると頭を巡っている。

嫌な胸騒ぎが、どうしてもやまない。

「……レピスはね、復讐《ふくしゅう》のために、この学校へ来たのよ」

「え？」

それを私は、少しだけ、ネロとフレイに話しておかなければとも思っていた。

今一度心を落ち着かせ、私は語る。

「彼女の同胞、トワイライトの一族は、帝国の大鬼《オグル》によって多くを拉致され、惨殺されているの」

「…………」

「あなたたちは気がついてなかったかもしれないけれど……レピスの腕と足は、片方ずつ義肢なのよ」

ごめんねレピス。

誰にも知られたくなかったことを、勝手に話してしまって、ごめん。

だけど、この先レピスに辿《たど》り着いた時……私たちが目にするものが何であるか、わからないから。

ギリギリの状況で、とっさの判断に支障が出ないよう、私はあらかじめその情報を伝えておいた。ネロとフレイは無言だった。

憎い帝国の大鬼がこの学校に襲来した時、レピスの考えたこととは何だろうか。

何を思って、私たちに何も告げず、大鬼たちのいる方へと行ったのか。

「レピス……」

林道を抜けた先の開けた広場で、レピスと思われる人影を見つけた。

いつも三つ編みにしている長い黒髪は解《ほど》かれ、この林道を吹き抜ける強い海風によって、横に靡《なび》いている。

手足の義肢は擬態を解き、ビリビリと魔力を纏い、酷使されているのがわかる。

ルネ・ルスキアのローブもまた、返り血にまみれていた。

「…………」

私たちはレピスのその立ち姿に、唖然《あぜん》として言葉を失った。

手には大きな金属の鎌を持ち、それを死神のごとく振るい、大鬼たちを次々に切り殺している。大鬼もまた、レピスを殺そうと群がっていた。

レピスを中心に、ナイフが飛散する。

それは先ほど、林道で拾い上げ、私が大鬼を撃退したナイフでもあった。どうやらレピスの錬金術により生じた武器らしい。

「レ……っ」

彼女の名前を叫ぼうとした。とっさにネロが私の口を押さえ、体勢を屈《かが》める。ナイフがこちらまで飛んできたからだ。

そして垣根の隙間から、目の前で繰り広げられる戦闘の光景を、私たちは息を潜めて見ていた。

レピスの鎌を振るう身のこなしは、姿を追うのが難しいほど素早い。

素早いというより、瞬間的に消えては、どこからか出てくるような、そんな異様な速度だ。トワイライトにはこういう魔法があるのだろうか……

もしかしたらこれは、魔導《まどう》義肢あってこその動きかもしれない。

彼女が鎌を振りかぶった後には、大鬼の死体しか残らない。

今まで見たことのない、静かな狂気と暴力に満ちたレピスの姿が、そこにはあった。

「……っ」

突然、ガクンとレピスの動きが鈍って、彼女は地面に膝《ひざ》をついた。

よくよく見ると、すでにあちこちを怪我していて、酷《ひど》い出血をしている。

「レピス！」

私たちは戦いの隙間を見て、急いでレピスに駆け寄った。

ネロが魔法壁を瞬時に展開し、我々を囲って守る。

とはいえ……私たちはすでに敵陣の中にいた。

大鬼たちは唸《うな》り声を上げながら、新たな獲物を前にし、無数に湧いて出てくる。帝国の大転移魔法陣は、いまだ南の海の上で煌々《こうこう》と輝いていた。あれがある限り、敵の大鬼は無限に湧いてくる。

「マキア、皆さん、なぜ……っ」

レピスが、怒りと苦しみの混じった声を絞り出す。

「なぜってアホか！　お前が急に居なくなったから捜しに来たんだろうが！　化け物だらけだってのに、体が勝手に動いちまうんだから、俺たちもほんとバカだよな！」

誰より先に、フレイが憤慨しながらレピスを叱った。

レピスは面食らったような顔をしていた。

「レピス動かないで。あなた気がついてないかもしれないけれど、相当な怪我と出血量なのよ」

「魔力切れも起こしかけている。このままだと危険だぞ」

ネロの指摘通り、レピスが立ち上がれなくなったのは魔力切れを起こしかけているからだろう。

彼女が手足に付ける魔導義肢は、供給される魔力の乱れや減少によって動きが鈍ることを、私は知っていた。

「に……っ、逃げてください。どうしてここへ来てしまったのですか！」

だが、レピスは凄《すご》みのある低い声で、今一度ここにいる私たちを拒絶した。

「これは私の戦いです！　あなたたちが命を危険に晒《さら》してまで大鬼と戦わなくていい。あなたたちには関係ない！」

「……レピス」

「関係ない、関係ない！　あなたたちには、何もできない……っ」

「…………」

私の掌《てのひら》が、渾身《こんしん》の力でレピスの頬をぶっていた。

どうにもレピスの、その言葉が許せなかった。

まさか親友である、大切なレピスを打つことになるなんて思わなかったわ。

以前、かなり腹がたったアイリの事だって殴らなかったのに。私は我慢できる女だったのに。

「バカ言わないで！　私たちは四人でガーネットの9班なのよ！　もう一度、関係ないだなんて言ってみなさい。絶対に許さないわよ！」

「…………」

私は涙もろくていけない。

こういう時はビシッと言ってやらなければならないというのに、怒りながら泣いてしまっている。格好がつかない。

レピスは私に打たれ、すっかり言葉を失っていた。

赤く腫《は》れた頬に手を当てて、唇をグッと結んでいる。

「レピス。僕らを巻き込みたくないのはわかるが、もう少し冷静になれ。何をするにしても一人では限界がある。ここは一旦《いったん》退却して、怪我《けが》を治癒して、態勢を整えよう」

「そうだぜレピス嬢。お前にも色々あるんだろうが……それでも、死んだら負けだ。勝つには生きねえと」

ネロとフレイは、私がボロボロに泣いて何も言えなくなったからか、代わりに冷静な言葉でいいことを言う。

一人では限界がある……死んだら負け……本当にその通りだ。

レピスもやっと落ち着きを取り戻したのか、俯《うつむ》いて、ポロポロと涙を零《こぼ》した。

「すみません……っ」

私たちを巻き込んだことが、酷《ひど》く悲しかったのか。

それとも、ガーネットの9班がこの一年間紡いできたものを、彼女なりに噛《か》み締《し》めているのか。

「すみません。身勝手なことをしました。私は、大鬼の襲来したこの状況に、故郷の惨状を思い出さずにはいられなかったのです」

「レピス……」

「奴らを殺せ、殺せと。奪われたものを取り戻せ、と。戦い抜くと覚悟した幼い頃の私が、耳元で囁《ささや》くのです……っ。体が勝手に動いてしまって、こんなところまで……」

レピスは自分の、血に塗《まみ》れた手を見つめ、小刻みに震える。

きっとレピスは、魔物が押し寄せてくるこの状況を黙って見ているなんてことはできなかったのだろう。魔物の怖さを、最もよく知っている人だから。

レピスの戦闘能力の高さは、私の想像以上だった。学生レベルでは、到底ない。

戦って、戦って、戦って——手足すら失ったんだ。

「マキア、もう魔法壁がもたない。あいつら、どんどん集まってきている。この場を離脱しないと……っ」

ネロが苦しそうに言う。大鬼がネロの魔法壁を、拳《こぶし》やそれぞれの武具で叩《たた》いて壊そうとしている。

どうする。やはり大鬼は火が苦手だ。しかしこの数だ。

一か八か、紅《くれない》の魔女の魔法を使ってしまおうか。

夏の舞踏会で使った、あの紅蓮《ぐれん》の糸の魔法であれば……っ。

だけど紅の魔女の魔法を使ったら、私はもう使いものにはならない。それすら覚悟して、私は自分の横髪を掴《つか》んでいた。

——しかし、その時だ。

上空から誰かの話し声がして、私たちは顔を上げた。

「……い、た」

「本当だ。レピス様発見だ。大鬼たちが一点集中していると思ったら」

「族長の娘だ。死に損ないだ。一族の面汚しだ！　キャハハ！」

黒いローブをふわふわとなびかせ、大、中、小のシルエットが揺らいでいる。

全く気がつかなかったが、いつの間にか謎の三人組がそこにいて、空中より私たちを見下ろしていたのだった。

「誰……？」

黒いローブを羽織ったその者たちは、全員が口元を鉄のマスクで覆っていたが、黒髪に紫の瞳《ひとみ》という、おおよそレピスと同じ身体的な特徴を持っていた。

だが、三人のうち一人は狼《おおかみ》のような獣の耳を持っていたし、もう一人は小さなツノが額にある。人か、魔物か、精霊か、その判断が難しい風貌《ふうぼう》をしていたのだった。

レピスが嫌に落ち着いた声で言った。

「トマ……ヴィダル……キキルナ……彼らは、トワイライトの一族の者たちです」

「え……っ!?」

「トワイライトの一族は、かつて魔物と共存していました。ゆえに魔物との混血が強く残る者もいるのです」

言われてみれば、そうだ。トワイライトのご先祖である〈黒の魔王〉は魔物の国を作ったと言い伝えられている。

それよりなぜ、トワイライトの一族がここに？

彼らは、帝国に囚《とら》われているのではないの？

レピスは、悠々と宙に浮く黒いローブの同胞たちを、強く睨《にら》みつけていた。

「裏切り者はどちらだ……っ。お前たちが帝国に寝返りさえしなければ、私たちはあれほどの同胞を失うことなどなかった！」

レピスが叫び、無理に立ち上がろうとして、再び体勢を崩した。

それをフレイが受け止め、「無茶すんなって」と制していた。

宙に浮かぶ、黒いローブの大中小の三人組は、目元を細め、余裕な態度でこちらの様子を窺《うかが》っている。

「ねえ、裏切り者ってどういうことなの、レピス」

私は小声で尋ねる。

「……七年前、帝国側にトワイライトの隠れ里への入り方を教えた、裏切り者たちがいたのです。もともとトワイライトの内部では、今後起こりうる戦争で帝国につくか、皇国につくかで、意見が割れていたと言います。あの者たちはその時、帝国側につき、トワイライトの一族を売った裏切り者たちなのです」

「……そう、だったの」

トワイライトの一族を巡る過去と因縁は、どうにも単純な話ではなさそうだ。

レピスの憎悪や行き場のない恨みが、再びぶり返しているのを、彼女の表情を見ていて感じる。魔物だけでも厄介なのに、ここで敵の魔術師が襲来とは……

私はレピスの代わりに立ち上がり、三人組の方へグッと顔を上げ、問いかけた。

「もしかして、大転移魔法陣を展開したのは、あなたたちなの？」

空間魔法のエキスパートであるトワイライトの一族であれば、可能だろう。

私が質問をしたことで、黒いローブの三人組の視線が私に向けられる。

「そうだよ、お嬢さん。あれは僕らの叡智《えいち》が詰まった大転移魔法陣さ」

三人組のうち、獣の耳を持つ〝中〟くらいの青年が、不敵な笑みを浮かべながら答えた。

「だが安心したまえ。学生への被害は最低限に止《とど》めるつもりだ」

「え……？」

「我がトワイライトの大転移魔法陣が、どれほどの飛距離を移動し、どれほどの兵士を敵国に送り込むことができるのか。いわばこれは実験なのさ」

さらにはそんな、ふざけたことを得意げに宣《のたま》う。

私はぐっと拳を握り締めた。

「ふ……っ、ふざけないでよ！　このままでは戦争が始まってしまうわ！」

被害を最低限って、何人かは死んでもいいってことじゃない！　このままでは戦争が始まってしまうわ！」

私が憤っていても、彼らは私の言葉をあざ笑う。

「始まれば、いい、のだ……」

三人組の中で最も〝大〟柄の男が、機械音のような、途切れ途切れの声で言う。

「そうそう！　どうせルスキア王国は、エルメデス帝国には敵《かな》わない。支配されるのが運命だ。精霊魔法なんかを、未《いま》だに万能の魔法だと信じているんだからね！　ダッサ！　キャハハハハッ！」

三人組の中で一番〝小〟柄で、額に小さなツノのあるおさげの少女が、甲高い声で笑う。

とてもレピスの同胞とは思えない。

相貌がどこか似ているというのが、なおさら憎い。

「とりあえず、そこをどきたまえ。任務の一つに、レピス様の確保というのがあってね。

「そいつは我らがトワイライトの秘宝を持っているはずだ」

獣耳の青年が、その瞳孔《どうこう》を鋭く光らせる。

私は何が何だかわからなかったが、両手を広げてレピスの前に立ちふさがった。

「どかないわ。レピスは私の親友。私たちの仲間だもの」

「うわっ、青春ってやつ!? ダサッ！　ムカつく！　ぶっ殺す！」

おさげの少女はその手に細い鎌を錬成すると、私たちに向かってそれを大きく振りかぶった。

この攻撃をネロの魔法壁が防いだが、たったの一撃で壁に大きな亀裂《きれつ》が入る。

衝撃が、魔法壁の内側まで響いて伝わってきたほどだった。

私とフレイが、手を掲げて魔法壁の補強をしたが、こんなの消耗戦でしかない。いつか必ず、こちら側の魔力が切れる。

おさげの少女は「キャハハ、死んじゃえー」と歯を見せて笑いながら、連続的に、魔法壁に向かって鎌を振るう。

細身の少女とは思えないほど、その一撃一撃が重く、重ねて張っていた魔法壁が次々に破壊されてしまう。ただの物理的な攻撃じゃない。まるで空間を揺らしているかのような、異様な圧力を感じる。

「……っ」

少女一人相手に、この状態だ。余裕そうに高みの見物をしている他の連中が動いたら、私たちなんて簡単にやられてしまう。このままでは、このままでは……っ。

「ダメ。皆さん逃げてください。彼らは大鬼《オグル》とは違います！」

「もう手遅れだよレピス。僕らはここで、全員で生き残るか、全員で死ぬかのどちらかだ。まあ、こんなところで死ぬつもりはないけど」

ネロが淡々と答えた。

「ハハッ。だったらどうにかして逃げるっきゃねーだろ。全員で」

フレイも、らしくないことを言って、髪をかきあげる。

私だって、同じ気持ちだ。すでに覚悟は決まっていた。

「……みんな、聞いて。私、魔法を使うわ。夏の舞踏会で使った魔法よ」

「!?」

私はあえて、それが〈紅の魔女〉の魔法であることを言わずに、班員たちだけにわかる話をした。班員たちは驚いていた。

何か言いたげだったし、私にとっても一か八かの大勝負だったが、この場を切り抜ける方法はもうこれ以外に残されていない。

しかし紅の魔女のあの魔法ならば、ここにいる敵を一気に拘束することができる。

生きるが勝ち。生き延びなければ、負けなのだ。

「キャハハ！　何するつもりかわかんないけど、無駄な抵抗だっての！」

おさげの少女は、私たちが何か企《たくら》んでいる事に気が付いていたが、取るに足らない事だと笑って、攻撃し続けていた。

しかし、油断してくれているのなら好都合。

私は魔法壁を展開するのを止め、自らの横髪を、躊躇《ためら》う事なくナイフで切った。

「マキ・リエ・ルシ・ア——」

呪文《じゅもん》の途中、上空に控えていた獣耳の青年が何かを察して、こちらに向かって錬金術で生み出した金属の槍《スピア》を飛ばす。

しかしネロが、咄嗟《とっさ》にそれを追加の魔法壁で防ぎ、フレイもまたその隙に、動けないレピスを抱える。

「紅蓮の理《ことわり》、血の人形——廻《まわ》せ廻せ、赤き糸車！」

切り落とした髪は、魔法陣の僅《わず》か上方でワッと飛散し、紅蓮の光を放ちながら、ほぼ一瞬で、鋭く細く攻撃的な赤い糸となった。

この魔法を初めて使った時のことを覚えている。

あの時は、無我夢中で知らない呪文を唱えたものだ。

だが今は違う。私は私の魔法として、意識して使っている。

決して大規模である必要はない。必要な範囲、必要な魔力量で、制御しながら使用する。

それができるようになって初めて、魔法を支配したと言えるのだろう。

赤い糸は、前回と同じように、私に敵意を向けるものを認識しどこまでも追いかける。

敵は、生き物のように動く赤い糸を警戒し、素早く逃げていたが、

「何っ⁉」

――捕らえた！

地上の大鬼、そして空中の三人組を追尾し、赤い糸で巻き上げて、キツくがんじがらめにしてしまう。森の木々すら巻き込んで、それはまるで、赤い繭の玉のようだった。

「よっしゃ！　逃げるぞお前ら！」

レピスを抱えたフレイが号令をかける。ネロは、体に力の入らない私を支えながら、視線をあちこちに動かし、逃げ道を探していた。

それでいい。たとえ勝てなくても……ここは逃げるが勝ちなのだ。

この辺に張り巡らせた赤い糸が、きっと私たちの姿を隠してくれる。

「マキア、マキア、ごめんなさい」

レピスの涙声がする。

私の意識もまた、紅の魔女の魔法を使った直後から朦朧《もうろう》とし始めていた。

しかし前回よりずっとマシだ。これもエスカ司教との筋トレのおかげかな……

林道に入り、まっすぐ走る。なんとかして第一ラビリンスまで戻らなければならない。

「……チッ。なるほど。あれが〈紅の魔女〉の末裔《まつえい》ってやつか」

「道化師も、言っていた。かの、魔女の、魔法には気をつけろ、と」

「キャハハ！　敵だ！　あたしたちの宿敵だ！　なんせ〈黒の魔王〉と〈紅の魔女〉は、憎しみあって喧嘩《けんか》ばかりしてたんだから！」

背後から聞こえるのは、トワイライトの魔術師たちの声。

紅蓮《ぐれん》の糸に囚われながらも、敵はどこか、余裕かつ冷静で、そんな態度に私はどうしようもなく違和感を覚える。

それでも……

それでも私たちが今できることは、逃げて、逃げて、生き延びることだけだった。

裏　アイリ、救世主とは。

あたしの名前はアイリ。救世主だったアイリ。

あたしは、ずっとマキアを悪い魔女だと信じて疑わず、酷《ひど》いことをしてきた。

だから、マキアにもう一度会うために、このルネ・ルスキア魔法学校の終業式へとやってきた。これまでのことを、謝ろうと思っていた。

――はずだった。


「突っ立てないで！　怪我人《けがにん》の手当てをしなければなりませんわ！」

「……あっ」

学園島ラビリンスというところで、何をするべきか分からず狼狽《うろた》えていると、見覚えのあるお嬢様っぽい女子生徒が私を叱咤《しった》した。

ああ、この令嬢は……ベアトリーチェ・アスタだ。

ギルバートの婚約者だった貴族令嬢で、少し前に、あたしが、マキアの手下だと思い込んでいた子だ。

ベアトリーチェは、何やらポーチのようなものを細長い布にしてしまって、怪我をした生徒の手当てをしている。……こんな魔法道具、あったんだ。

この場所には怪我人も多くいる。

割れた水晶の破片が身体《からだ》中に刺さっていたり、避難の途中で押し合いになって転んだり、海岸近くにいて大鬼に出くわしたり、戦闘に巻き込まれたりなど、様々な理由で負傷しているのだ。

故に、上級生の治癒魔法学科の生徒や、治癒魔法の得意な生徒は、怪我人の治癒に追われていた。このラビリンスは、いざという時の避難場所として必要物資が備わっていたようで、薬品や手当てのために道具、水や食料は豊富にあるようだった。

その他の生徒たちは、誰もが暗い顔をしている。

逃げる途中で大鬼に遭遇し、その様子を語っている子もいる。その話を聞いて、余計に恐怖に囚《とら》われている子も。

教師たちも、大半が外で大鬼と戦っているため、ほとんどがここに居《お》らず統率できる生徒も少ない。生徒会や、各寮長が頑張っているようだが、生徒たちの溢《あふ》れんばかりの不安を拭《ぬぐ》うことはできず、要するに、とてつもなく混乱していた。

「おい、フランシスがいねーぞ！」

「あいつどこ行ったんだ！」

「もしかして、まだ外にいるんじゃ……っ」

友人を捜し回っている生徒たちもいる。

さっきのマキアもそうだったけれど、ラビリンスに逃げ遅れたり、逃げる途中ではぐれた子も多数いるようだ。

ルネ・ルスキアの終業式の途中だったけれど、全ての生徒が式に出席している訳でもないし、まだ建物の中に多数の生徒が取り残されているという。

友人のことが心配で、泣いている子を見ると、あたしも不安になってくる。

マキアは……外で戦っているトールやライオネルは、無事だろうか。

あたしはこんなところで、いったい何をしているのだろう……

「やはり、繋《つな》がらないか……っ」

ギルバートは、先ほどから通信用魔法水晶を使って王宮との連絡を試みていた。

しかし、どうやら通信魔法を妨害する強力な結界が張られているらしく、連絡が取れない状況らしい。

王宮より、魔法兵や魔法騎士がやってきたという報告もない。

そもそも、ルネ・ルスキアの戦況すらわからない。こんなところに居るだけでは。

「殿下。お困りですか」

そんな時、先ほどまで怪我人の手当てをしていた、あのベアトリーチェ・アスタが自分の執事を連れてやってきた。

「王宮との通信手段が必要とのことでしたら、わたくしの一角獣をお使いください」

「一角獣？　ベアトリーチェ・アスタ。それはいったいどういうことだ」

ベアトリーチェは、自らの胸に手を当てて、提案する。

「我がアスタ家は、代々一角獣を使い魔として使役しております。一角獣の角は、同類との意思疎通に使われることもあり、それはあらゆる魔法の妨害を受け付けません。故にアスタ家はこの特性を利用し、どのような状況下でも情報伝達を行えるよう訓練をしております」

「要するに……同じアスタ家の者と通信できるということか？」

「ええ。きっと、王宮魔術院のお祖父《じい》様に繋げられると思いますわ」

ベアトリーチェ・アスタの祖父は、確か、王宮魔術院の院長アウレリオ・アスタだ。

あたしも何度か会ったことがある。

院長に繋がりさえすれば、国王にも伝わる。このルネ・ルスキアで何が起こっているのか、伝えられる。

「頼む、ベアトリーチェ」

ギルが頼むと、ベアトリーチェは頷《うなず》き、自らの一角獣を側に召喚した。

それは美しいグリーンシルバーの一角獣で、彼女はその〝ツノ〟に自分の額を押し当て、呪文を唱える。

「ベア・ト・リーチェ――繋げ。アスタの角笛」

すると一角獣のツノが淡く緑色に輝き、ポーンと弾《はじ》けるような音が響いたと思ったら、角の先端に輪っか状の術式が浮かんだ。

「こちらベアトリーチェ。こちらベアトリーチェ。お祖父様、聞こえますか、お祖父様」

ベアトリーチェが何度か呼びかけると、

『……おお、ベアトリーチェ、無事だったか』

しわがれた、老人の声が角から伝わってきた。

「アウレリオ・アスタだな。こちらはギルバートだ」

『なんと、ギルバート殿下もご無事で！』

ギルバートは王宮魔術院の院長アウレリオ・アスタに、現状を報告した。

学校の魔法水晶が破壊され、大鬼《オグル》が多数侵入していること。

生徒たちは第一ラビリンスに集まって、助けを待っていること。

外では教師と精霊たちが戦っていること。

そして、救世主であるあたしが無事であること。

王宮側からも大転移魔法陣が見えており、ルネ・ルスキア魔法学校に大鬼が上陸している様子は確認できているとのことだ。

ただ、ミラドリード市内にまで大鬼が侵入することはなく、敵はやはり、ルネ・ルスキア魔法学校を占領することを目的としているようだ。

「帝国は何か要求を⁉」

『……いいえ。国王はフレジールの女王陛下と将軍閣下に助言を仰ぎ、様子を見ておりますじゃ』

「様子を見ている、だと……っ」

ギルバートの声音に憤りが感じられる。

「では、王宮からの救援はしばらく来ないのか⁉」

『……あの大転移魔法陣が現れてからというもの、ルネ・ルスキア周辺に巨大な結界が張られており、学園島への突入が不可能となっておりますのじゃ。王宮魔術師総出で、結界の分析、破壊に当たっておりますが、なにぶん、今まで見たことのない複雑な術式で』

「……チッ」

ギルバートが珍しく舌打ちをした。

「要するに、王宮は何もできないということだな⁉」

しばらく沈黙が続いたが、

『殿下。しばしご辛抱くださいませ。また、国王陛下からのお言葉でございます。何を犠牲にしてでも、救世主アイリ様だけは守るように、と』

そこでプツンと、通信が切れた。

ギルバートは、何もできない王宮への失望を隠しきれないというような顔をして、側にあった白い石の柱を拳《こぶし》で叩《たた》いた。

「……クソッ。これが、平和の上にあぐらをかいていた、我が国の末路か」

一方、ベアトリーチェ・アスタが膝《ひざ》をつき、自身の執事に支えられながら呼吸を整えている。一角獣を介した通信方法は、かなり魔力を食うようだ。

「すみません殿下、このような短時間しか保《も》たず。少し回復したら、また通信魔法を試みますので」

「いや……礼を言う、ベアトリーチェ。少なくとも、王宮に現状を伝えることができた」

「……わたくしにできることをやったまでですわ」

ギルバートが手を差し伸べ、ベアトリーチェが彼の手を取り、立ち上がる。

しかしそこには、かつて婚約者同士だった面影はない。

ただただ、現状と、この国の行く末を心配する第三王子と、将来の王宮魔術院を任される身である魔女令嬢の姿があった。

「しかし、王宮側があれでは、すぐの救助は期待できそうにないな……」

「突然のことで情報不足なのですわ。下手を打てば、こちらの準備が整っていないまま、帝国との開戦になります。王宮も安易に身動きが取れないのです。……ならば、わたくしたちも定期的に、情報を伝達する必要がありそうですわ」

「確かにその通りだ。しかしそれでは確実に犠牲が出るぞ。それにこの場所だって、いつまでもつか。せめて、帝国側がこのような行動に出た目的がわかれば……」

ギルバートは苦しそうに、眉《まゆ》を寄せている。

たとえ一国の王子であれ、絶対に守れと言われた〝救世主《あたし》〟というお荷物を抱えながら、状況を確認したり、打破する手立てを講じるのは難しいだろう。

そんな時だ。また強く地が揺れた。

「きゃあああああっ！」

あちこちから甲高い悲鳴が上がる。

強い地響きの度に、天井からパラパラと、白い石片のようなものが落ちてくる。

あたしも立っていられなくなり、その場にしゃがんだ。

地震……？　いや、この地下迷宮の出入り口の向こう側で、何か大きなものを叩きつけるような音だ。

「どこからか、敵が侵入しようとしているのか……っ」

ギルバートが私を覆い、守りながらも、焦りの表情を隠しきれずにいる。頬に汗を流して、歯をギリギリと食いしばって……

あれ、あたしって、もしかしてお荷物？

結局何もできず、守られるだけの存在なの？

救世主って、そもそも、何だっけ？

「あ……」

ドッと汗が溢れてきた。

今になって、悲鳴や、血の匂い、この場を充満する恐怖が、リアルに感じられた。

この光景は、漫画やゲーム、物語の世界のものじゃない。

あたしと彼らを隔てるものなどなく、誰もが生身の人間だ。

あたしも、ここで混乱している少年少女の一人。現実なんだ、これは。

「どうしよう、どうしよう」

……どうしようって、何？

少し前まで、こんな世界、どうなってもいいと思っていたくせに。戦争でも何でもして、壊れてしまえって。

投げやりになって、役目すら放棄した私に、今更何ができるっていうの？

どうせ誰も期待してないよ。あたしになんて、何も。

『ここのみんなを、不安がっている生徒たちを守って。お願い』

だけど、さっきのマキアの言葉が、私の心を混乱の渦から引き上げる。

そうだ。私はマキアにこの場を託された。

そして私は、絶対に守ると答えたじゃないか。

自分でもびっくりするくらい大きな声を、私は張り上げていた。

「だ、大丈夫……っ」

「大丈夫だよ、みんなっ！」

この場にいた生徒たちが、何事だと言いたげな顔を上げた。

場がしんと静まりかえる。

自分がこの物語の主人公だと思い込んでいた時は、こんな風に注目をされても、なんてことなかった。主人公なんだから、当然のことだと。

だけど、今、ここで不特定多数の視線を浴びていると、ドッと冷や汗が出て、手が震える。緊張してしまう。

現実に生きる人間たちの、恐怖と疑心に満ちた視線に、大きなプレッシャーを感じる。

「ま……っ、魔物なんて怖くない！　あたしがみんなを、絶対に守るから！」

それでもあたしは言い切った。

やけになっているのかもしれない。

だけど、さっき交わしたマキアとの約束が、そうさせる。

「誰？　あの子、何言ってるの？」

「救世主らしいよ」

「でも、救世主って、役目を放棄したんでしょ？」

「ていうか、何でここにいるの？」

「こんな時にふざけないでよ。大丈夫なわけないじゃない」

「あんな子に、何ができるの？　どうせ何もできないくせに」

——色んな声がする。当然だと思う。


あたしはこの国の、世界の人々の期待を裏切り、元の世界に逃げ帰ろうとしたのだから。

また強く地響きがした。今度の揺れはとても大きくて、天井から降ってくる石片も危険で、この場にいる生徒たちの不安を煽《あお》る。

もしこのまま天井が崩れ、生き埋めにでもなったら……

出入り口が突破され、大鬼が入ってきたら……

あり得る、最悪の事態を誰もが想像している。

その恐怖が、ひしひしと伝わってくる。

今まで、この世界にいる人間たちの感情なんて、一つも考えたことなかったくせに。

「……っ」

それでもあたしは、黄金の短剣を鞘《さや》に納めたままの状態で、高々と掲げた。

この黄金の短剣は、抜けばあたしの姿を隠してくれるものだが、精霊竜イヴの寝床でもある。

「イシ・ス・アイリス――現れて、イヴ！」

呪文《じゅもん》を唱えると、私の頭上に魔法陣が現れ、純白の光が放たれる。

その光が集束し、ドラゴンの姿となる。

精霊竜のイヴが天井を覆うようにして、顕現したのだった。

「きゃあっ！」

「精霊のドラゴンだ！」

生徒たちが驚きの声を上げている。

精霊の羽を思わせる、複数の色を帯びた半透明の四枚の翼。

それを広げながら、イヴは長い首を持ち上げて、複数の音が重なったような声で、高らかに歌う。

四枚の翼は、幕のように広がって、ラビリンス全体に精霊結界を張る。

「できた……っ」

私はこの魔法を、ユリシスから学んでいたけれど、実際に使うのは初めてだった。

魔法壁より遥《はる》かに範囲が広く、防御力の高い守護の魔法で、光属性の精霊にのみ可能な力だ。幕の内側は温かく、キラキラした銀の光が降り注ぎ、怯《おび》えて凍え切っていた生徒たちの心を落ち着かせてくれる。

誰もが、雪のようにしんしんと降り続ける光を見つめていた。

「なんて綺麗《きれい》なの」

「温かい……」

地響きや、その度に頭上から落ちてくる石片も遮ってくれる光の内側で、生徒たちは少しずつ冷静さを取り戻した。

あたしはというと、短剣を握りしめたまま、震えていた。

正直言って、怖い。

緊張した中で、実戦でイヴを展開し続けるのは、魔力的にも体力的にも精神的にも、こんなにキツいことだったのかと、改めて思い知る。

「救世主様がいるなら……」

「大丈夫かもしれない。なんとかなるかもしれない」

「きっと、私たちを守ってくださるわ」

皆があたしに期待する。

この期待って、本当はこんなに、重たいものだったんだね。

――だけど、それが救世主という存在なんだ。

今の今まで、あたしはそれをわかっていたようで、何一つわかっていなかった。

何をしていても自分本位で、自分が褒められたいから、評価されたいから、何かを、誰かを救おうとしていた。その誰かの心の内側や、背景を、知ろうともしないで。

それは救世主なんかじゃない。

救世主っていうのは……

「救世主ってのは……っ」

思い浮かんだのは、マキアがあたしとトールを助けるために戦った、夏の舞踏会での姿。

そして、別の世界で生きていた小田《おだ》さんという少女が、一人ぼっちだったあたしに、手を差し伸べる姿だ。

「もしかしたら、本当は、あなたが救世主なのかもしれないね……マキア」

かつてあたしにとっての救世主が小田さんであり、小田さんにとっての救世主が斎藤《さいとう》君であったように。

ぐるぐる、ぐるぐる。

私たちの〝救いの物語〟は、巡り巡っている。

救いの世界メイデーア。

きっとここは〝助けて〟のサインを、誰かが見つけて拾ってくれる、そんな世界。

間違ってばかりいた、現実から逃げ続けていたあたしに、小田《マキア》さんが再び、チャンスを与えてくれた世界なんだ。

なら、あたしはここでやってみせる。

みんなを守ってみせる。

地に足つけて、踏ん張って、大丈夫だよって励まし続けて、イヴを展開し続けて、マキアたちが戻ってくるまで耐え抜いてみせる。

現実に立ち向かう。それが救世主の役割であるならば――

「アイリ大丈夫か！　泣いているぞ、魔法を行使し続けるのが辛《つら》いのではないか⁉」

「……え？　ああ、ごめんねギル。違うの。大丈夫だから」

顔を上げる。

きっと、こんなあたしにも、誰かを救うことができると信じて。

まるで、この世界の空気を、初めて吸った赤子のよう。

生まれ変わったような気持ちで、あたしは歯を食いしばって、泣いていた。

第六話　トワイライトの一族（下）

ネロの魔法のコンタクトレンズのおかげで、私たちは大鬼《オグル》のいない道を探して、逃げて逃げて、逃げていた。だが——

「ダメだ、こっちも大鬼がいる」

すでに大鬼は数多く学園島の内部に侵入している。一度は大鬼やトワイライトの魔術師たちから逃げた私たちだったが、逃げ道を失いつつあった。

海沿いの崖《がけ》に、棚のように連なったレモン畑の中に潜み隠れてからというもの、身動きが取れずにいる。

このままではいずれ、ここも見つかってしまうだろう。

手持ちの精霊たちを放ち、助けを呼びに行ってもらっているが、いつ救援が来るかはわからない。私たちはとにかく、逃げ続けるしかない。

「……ふう。完治とは言い難《がた》いだろうが、止血はできたぜ」

今しがた、フレイはレピスに治癒魔法をかけ終わり、顎《あご》に溜《た》まっていた汗を拭《ぬぐ》う。

フレイは【地】の申し子ということもあり、治癒魔法との相性が良《い》い。

意外と器用だし、ネロほどの速度ではないにしろ、私よりずっと治癒魔法が得意なのだった。

とはいえ、授業で習っていなければ出来なかったことなので、フレイが治癒魔法の授業に出ていてくれて本当によかった。

「すみません……フレイさん……」

「謝んなよ。レピス嬢は俺に辛辣《しんらつ》なことをぶつけてくるくらいが、魅力的だぜ」

フレイのキザなウインクに対し、普段ならここで「気持ち悪いですフレイさん」くらい言うのがレピスだが、彼女は今、それほどの元気はない。

治癒魔法で体の傷が癒《い》えたとはいえ、憎い大鬼や、かつての同胞と出会い、戦い、私たちすら巻き込んでしまったことに、酷《ひど》く打ちのめされている。

普段は感情をほとんど晒《さら》さないレピスだが、今ばかりは、彼女の心の内側の痛みが、手に取るように分かるのだった。

多分それは、私だけじゃなく、ネロやフレイも。

「で、これからどうするよ。ここまで逃げたってのに、やっぱり大鬼の餌食《えじき》になりました ーじゃ、シャレにならねえぞ」

「当然だわ。精霊たちが助けを呼びに行ってくれている。誰か来るまで、なんとか生きて、逃げ続けなくちゃ」

フレイや私が言うことに対し、ネロは顎に手を添えて、微《かす》かに唸《うな》っている。

ネロは何か、気がかりが他にあるかのように、神妙な面持ちだった。

「すみません、皆さん。私のせいで……っ、私が感情任せに、勝手なことをしたせいで」

レピスが、再び私たちに謝罪する。

「何言ってるのレピス。お互い様でしょ。私たちは同じ班の、いわば家族なんだから」

「流石《さすが》に家族は言い過ぎだろー」

「フレイ、あなたはちょっと黙ってて」

何度も何度も、何度も謝ってばかり。そんなレピスの頭を撫《な》でた。

レピスは先ほどからずっと、静かに涙を流し続けているが、私はそんな彼女に覆いかぶさり、抱きしめる。

「大丈夫よ、きっと何とかなるわ。今までだって、9班のみんなで力を合わせて、色んな困難を乗り切ってきたじゃない」

そして彼女に語りかける。私の想《おも》いを。

「それにね、レピス。あなたを捜しに来たのは、私たちの意思よ。私、実は、もう二度とあなたに会えないんじゃないかっていう嫌な予感がしていたの。それに比べたら、またあなたに会えたんだもの。そっちの方が、ずっといいもの」

「……マキア……ッ」

私たちが捜しに来なければ、レピスは戦いの果てに命を落とし、もうこの世にいなかったかもしれない。

そんな最悪の事態を考えれば、この状況はかなりの幸運だ。

決して悲観すべき状況ではない。私たちはまだ、全員で生きている。

「……行こう。二方から大鬼が迫っている。もしかしたら、この場所が気づかれたのかもしれない」

少々焦りのある口ぶりで、ネロがそのように告げた。

ネロの案内に従い、私たちは再び移動する。

ここで大鬼に遭遇したとして、皆、魔力を使い果たしている。魔力なくして、出来ることは少ない。慎重に逃げなければ……

レモン畑を抜けると、海に面した断崖《だんがい》の真上に出た。

「!?」

だが、私たちはミスを犯した。

すでにそこには、黒い死神――トワイライトの魔術師たちが、私たちを数人で待ち構えていた。二方より迫る大鬼によって、ここへ来るよう誘導されていたに違いない。

「みーつけた」

紅蓮《ぐれん》の糸で吊《つる》し上げたはずの、トワイライトの三人組――そのうちの、獣耳の青年と小柄な少女が、すでに紅《くれない》の魔女の魔法から逃れ、そこにいた。

なぜか、機械音のような声を発していた大柄の男だけはいない。

しかし二人、追加でトワイライトの魔術師がいるようだ。

その二人はフードを深く被《かぶ》っているので、顔はほとんど見えないが、背格好からして、大人の男女と思われる……

黒のローブに身を包んだ奴らは、まるで宙に足場でもあるかのように、上下まばらに浮いていて、冷ややかに私たちを見下ろしていた。

「おいおいネロ君？　敵だらけじゃねーかよ、ここ」

レピスを背負ったフレイが、すっかり青い顔をして後ずさりしている。

「……どうやら僕のレンズに、奴らの魔力が察知できないよう、手を打たれたようだ。おかしいと思っていたんだ。さっきマキアの糸で捕らえた奴らの魔力を、探知できなくなったから。そういうのをステルスできる魔法道具を使っているんだろう」

あのネロですら、流石に少々困惑気味だ。

こめかみに手を当てて、頭上の魔術師たちを、目を凝らして見ている。

「こっちこそ、君らがなかなか見つからないと思って、少し焦ったよ。そこの彼、先端魔法が使えるんだね」

「古臭いルスキア王国に、その手の魔法を使う奴がいるとは思わなかった」

トワイライトの連中が、ネロを指差してクスクス笑っている。

それにしても、参ったわ。私の糸の魔法をくらっておきながら、余裕そうだなんて。

「どういうことかしら。あの魔法から逃れるなんて」

「ハハッ。流石に〈紅の魔女〉の魔法から、全くの犠牲なしに逃れた訳じゃないとも」

獣耳の青年が、意味深な物言いをして、目元を細める。

「もう一人デカブツがいただろう。あいつは僕らを、あの魔法の束縛から逃すために、体のあちこちを失ったとも」

「え……？」

「キャハハ。あいつ、もともと機械の体みたいなものだったし、今更なんだけどね！」

どういうことだろう。

もともと、レピスも含めトワイライトの魔術師たちは、体のどこかを義肢などで補っているようだが、その理由も含め、謎が多い連中だ。

流石は黒の魔王の末裔《まつえい》だ。紅の魔女の魔法を突破する術を持っているだなんて、もう、これ以上どうしたらいいのか……

「無駄なことはしないほうがいい。残念だが、もうルネ・ルスキアは我らが手中だ。何が難攻不落の要塞《ようさい》だ、他愛《たわい》ない」

「古臭い精霊魔法では、我々には敵《かな》わない。お前たちは今から、大鬼どころではない、もっと恐ろしいものを目にすることになる」

トワイライトの連中が、まるですでに勝負がついたかのように、口々に言う。

恐ろしいもの？　いったい、何をするつもりなの？

不安と焦りばかりが募ってしまうが、私はそのような感情に耐えるように、グッと表情を引き締めた。

「な……何、言ってるのよ。私たち四人の学生ごときに、こんなに足を引っ張られているくせに」

時間を稼ぐことさえできれば、助けが間に合うかもしれない。

私はあえて、トワイライトの魔術師たちを煽《あお》るようなことを言った。フレイが隣で「おい班長！」と焦った顔していたけれど。

「ルスキア王国には、まだユリシス先生やパン校長がいるわ。あんたたちが古臭いって言った精霊魔術の真髄を、きっと思い知ることになるでしょうよ！」

私が強気で言ってのけると、トワイライトの連中は僅《わず》かに沈黙したが、その後、弾《はじ》けるように声を上げて笑う。

「あっはははははは。ユリシス～？　あの、ルスキア王国最強とか言う精霊魔術師だろう？」

「今のところ、何もできてませんけど？」

「王子様だからって、無理やり持ち上げられていたんだろ。きっと実戦経験のないやわな魔術師さ」

「今頃、あたしたちの仲間に殺されててもおかしくないよね！　キャハハ」

「な……っ」

尊敬するユリシス先生を馬鹿にされ、私はカッと頭に来たが、

「おいてめーら、兄上を馬鹿にするな！　兄上はハンパねえんだぞ！　ぶっ殺されちまえ！」

私より先に、フレイが反論した。

あまり仲が良いイメージは無いが、なんだかんだと言って、フレイは自分の兄であるユリシス先生の力を認めているのだろう。

トワイライトの魔術師たちは、急に笑うのをやめた。この落差が、とても不気味だ。

「そうそう。王子様と言えばさあ……」

獣耳の青年が、レピスを背負っているフレイを指差す。

「そこのタレ目君……この国の末の王子なんだろう？　レピス様を背負ったままで構わないから、僕らと来たまえ」

「はっ!?」

不意に名指しされたフレイ。さっき自分で「兄上」と言ってしまったため、王子である

ことを否定もできずにいる。

なるほど、敵はこの国の王子を一人、人質にとっておきたいと言うことか。

「お、おいおい！　言っておくが、俺なんぞ人質に取ったところで国王は動かないぞ！　俺はな、一番いらない王子なんだよ！　普通に切り捨てられるぞ、マジで！」

フレイは多少焦りながらも、堂々と言ってのける。

しかもちょっと切ないことを……

「話が通じないなあ。レピス様と王子様さえ来てくれれば、他の者たちは見逃してやるって言ってるんだよ」

「え……？」

「キャハハ、王子らしくないうえに、頭も悪いみたい」

トワイライトの連中の言うことに、フレイは少し考え込んでしまっていた。自分が人質になれば、仲間たちは……とか考えているのかもしれない。

だが、そんなフレイに「ダメだ」と言ったのは、意外にもネロだった。

「フレイ、奴らの口車に乗ってはいけない。平和なルスキア王国の物差しで、あいつらの言動を測ってはいけないよ。君とレピスが向こうへ行ったとして……どうせあいつらは、誰もここに、生かしておくつもりはないよ」

ネロは静かに、トワイライトの魔術師たちを見上げている。

「レピスは彼らにとって裏切り者だ。囚《とら》われたら、どれほど酷《ひど》い目に遭うかわからない。フレイだって、人質としての価値次第では、きっと惨《むご》い殺され方をするだろう。マキアは紅の魔女の末裔だ。帝国にとっては願ってもない研究材料さ。それに僕は……僕は多分、真っ先に殺されるだろうね」

そんなことを言いながらも、特に恐れている風にも見えない。ただ、どこか目の前の連中を軽蔑《けいべつ》するような、哀れむような目をしている。私はそれが妙に気になった。

「帝国は甘くない。敵意を喪失し、命乞《いのちご》いをした者でさえ、躊躇《ちゅうちょ》なく殺す。自分たちに僅かでも不都合であれば、それを排除しようとする。……トワイライトの一族だって、そういう扱いをずっと帝国から受けて来たんじゃないのか？」

まるでそれをよく知っているかのような口ぶりで、ネロはトワイライトの連中越しに、遠い帝国に対し、強い敵意や、嫌悪感を抱いているようだった。

そんなネロに、私もフレイも、驚いた。

そしてトワイライトの連中も、どこか面食らっている。ネロは淡々と続ける。

「……わかるよ。お前たちだって、言うことを聞かなければ一族全員で破滅していたって言うんだろう。心を殺し、仇《かたき》の靴を舐《な》めた方がよっぽど楽だったんだ」

「何だ、お前……」

トワイライトの魔術師たちを取り巻く空気が、ピンと張り詰めた。

ネロの言葉が、少なからず、トワイライトの怒りに触れたのだ。

直後、奴らは一瞬で私たちのすぐ目の前に迫り、私たち四人を一人ずつその腕に拘束し、その場に組み敷く。瞬間移動の魔法を駆使した、対応しようの無い速度だった。

私もまた、つり目でおさげの少女に後ろ手にされている。

「……っ」

「逃げようたって無駄だよ。あたしはこう見えて力が強いんだから」

確かに少女の力とは言い難《がた》い。緊縛魔法をかけられているわけでも無いのに、体が動かない。さらには、指輪を奪われる。

「キャハハ。これでもう、さっきみたいな糸の魔法は使えないよ。ていうかそんな魔力残ってないか。……紅の魔女の末裔って言ったって、この程度なんだね」

少女は、背後から私の耳元で囁《ささや》く。

「でも安心しなよ。さっきお仲間が言ってたけど、あんたはいい研究素材なんだよね。そのヘタレ王子やレピス様と一緒に、あたしたちと来てもらうよ」

「!?」

ヘタレ王子というのは、すぐそこで別のトワイライトの魔術師に組み敷かれ、すっかり動けなくなっているフレイだとして。

フレイ越しに、レピスが顔を仮面で隠した男に、髪を鷲掴《わしづか》みにされている。

治癒魔法を施したとはいえ、私以上の魔力切れ状態で、レピスはもう動けないというのに。

レピスの髪を鷲掴みにしている男は、彼女に告げる。

「そうそうレピス様。この計画の指揮をとられているのは、お前の兄であるソロモン・トワイライト様だ」

「!?」

男の言葉に、レピスの顔色が変わった。

「ソロモン様より、もしお前を見つけたら、何をしてでも〝黒の箱《ブラック・ボックス》〟の在処《ありか》を聞き出せとのご命令を賜っている。……哀れで滑稽《こっけい》な娘だ。自らの兄こそが我々を先導し、帝国と手を組んだとも知らずに、最後まで抗《あらが》おうとして」

レピスは、今まで信じていたものに裏切られ、何もかもが覆ったかのような、絶望の目の色をしている。

「さあ、言え。黒の箱をどこに隠した。お前が持ち出し、逃げたのはわかっているんだ」

だが、レピスは敵に情報を教えることはない。

黒の箱……それが何なのかわからないが、きっと、何があっても敵の手に渡ってはいけないものなんだろう。

「まあいい、仲間が惨たらしく殺されたら、流石《さすが》のレピス様も白状するだろう」

「……っ⁉」

レピスの髪を摑《つか》み上げていた男が、獣耳の青年に目配せした。

獣耳の青年は、ネロを足蹴《あしげ》にしていたが、その合図を受けるとネロの首をつかんで高々と持ち上げる。

「お前が一番いらないから、お前から殺してやろう。どこのどいつだか知らないが、僕らのことを、随分と知ったような口を聞いてくれたな」

グッと首を絞め上げる。ネロは僅かに、苦しそうに顔をしかめた。

「……ネロ！」

私はもがいた。このままではネロが殺されてしまう。

「平和なルスキア王国の人間が……っ、偉そうに僕らを責め立てやがって。だからイライラする、この国は。気候と同じで生温《なまぬる》く、鈍臭い。皇国の傘に守られているだけで、誰もが安穏と暮らしてやがる」

獣耳の青年の口調が、徐々に熱を帯びる。

「だから壊したくなる！　この世の地獄を一つも、知らないくせに――」

だが、ネロは静かに、青年を睨《にら》んでいた。

動揺も恐怖も見せることなく、ひたすら淡々と。恐ろしいほど落ち着いている。

苦しいはずなのに、どうしてそう、動じずにいられるのか。

　ネロのその態度に、獣耳の男もまた、違和感を持ったのだろう。自分を睨みつけるその顔をよく見て、僅かに顔をしかめた。

「……お前、どこかで……」

　妙な反応だ。さらには、ネロの淡々とした視線に調子を狂わされたのか、思わずネロから視線を逸《そ》らし、舌打ちをした。

「ま……まあいい、こいつらの前で、お前をいたぶって殺してやる。せいぜい、いい声で泣き叫んでくれ」

　獣耳の青年は、ネロを強く放り投げた。

　ネロは背後の岩壁に体を強く打ち付けて、口の端からツーと血を流す。

「ネロ、ネロ！」

　敵は、ネロから殺すつもりだ。

　ここにいるトワイライトの魔術師たちは、私たちと違って、戦闘経験豊富な戦士のような身のこなしをしている。それこそ、戦場をその身と魔法で生き抜いたような。

　きっと人を殺すことに躊躇などない。

　何か……っ、何か手はないと言うの。魔力がないなんて、動けないなんて言ってられない。今ここでネロを助けなければ、私は大切な人を失ってしまう……っ！

「あっつ。お前、妙なことするんじゃないよ！　腕をへし折るぞ！」

熱体質により敵の手を払おうと思ったが、すぐに気づかれ、後ろから強く腕を捻《ひね》りあげられた。本当に腕が折られたかと思うほど痛く、顔を歪《ゆが》めた。

ネロはそんな私の方を見て、小さく首を振っていた。

訴えかけるような瞳《ひとみ》だ。まるで、何もするなとでも言うように。

私はハッとした。背後の岩壁にぶつけられた衝撃か、前髪から透けて見えるネロの片方の目のコンタクトレンズが、外れている……

「それじゃあ、楽しい処刑タイムだ」

獣耳の青年は、周囲に円を描くようにナイフを錬成し、それを全て、ネロに向かって放った。

無数のナイフは、無詠唱のネロの魔法壁によって防がれた。

「……っ」

だが、そのうちの二本が魔法壁の隙間を抜けて、ネロの右肩と、左脚に突き刺さる。

血が、じわりと彼の制服を赤く染めていた。

「ネロ!」「ネロさん!」

私たちは叫び、もがいたが、束縛から逃れられない。ネロを助けないと、このままじゃ、ネロが……っ。

「はは……っ、痛いか。痛かろう。死なないところをいたぶってやる。血にまみれ、許しを請いながらじわじわ弱っていく様を、お友だちに見せてや……」

「うるさい」

ネロが低い声で、たった一言そう言って、俯《うつむ》きがちだったその顔を上げた。

同時に、獣耳のトワイライトの青年が口を閉ざし、動きを止めた。

レンズの外れた、ネロの片方の目。

マゼンタ色の、鮮やかな瞳。

それを見て——まるでこの世で最も恐ろしいものでも見たかのような、恐怖におののいた表情をしている。

「な、なぜ……」

獣耳の青年は、明らかに狼狽《うろた》えて、一歩一歩、後ずさっていた。

「どうしてお前が、その瞳を……その色を持っている……」

先程までの余裕な態度と、悪戯《いたずら》な殺意はどこへ行ったのか。全てが恐怖で塗り替えられ、信じられないというように、首を振っている。

「帝国の……あの方と同じ……色の目を……っ」

他のトワイライトの連中もそうだ。ネロの瞳の色を見て、明らかに動揺し、怯《おび》えていた。

どういうことなの。

ネロは、相変わらず淡々と、目の前のトワイライトの連中を睨みつけていた。

その、深いマゼンタ色の瞳で。

「……っ、計画の変更だ！」

フードを深く被《かぶ》ったトワイライトの男が大声で命じる。

「他の連中はもういい……っ、もう何もかも後回しだ！　とにかく、こいつを、こいつを殺せえええええええええええええええええええっ!!」

すると、私たちを捕らえていた連中まで私たちから離れ、彼らは手にそれぞれ錬成した武具を持ち、ネロを囲む。

一瞬のことだった。一瞬で、ネロが囲まれてしまった。

敵の刃《やいば》が、今すぐにでもネロの命を奪わんと襲う。

今までの余裕な感じとは明らかに違う。明らかに、彼らは焦り、ネロの命を今すぐ奪おうとしていた。

「ダメえええええええええええッ!!」

私はネロに向かって手を伸ばす。その手の先には、炎が灯《とも》っていたが、とても弱い炎の灯火《ともしび》で、大勢の敵には届かない。

この局面で、何もできない。魔力が足りない。

ガーネットの9班の誰もが、ネロの名を叫んだ。

——直後。

バリバリバリと、猛スピードで地面を這《は》うような氷の柱がネロを取り囲み、彼を守る氷壁となる。

「!?」

トワイライトの魔術師たちはすぐ反応し、氷に巻き込まれないよう、後退した。

一気に冷え込んだ空気の中、空よりストンとネロの前に降り立ったのは、王宮騎士団の制服を纏《まと》った騎士だった。

彼は白い息を吐きながら、目の前の敵を冷たく睨む。

「お嬢の大切な班員の方には、指一本触れさせない……」

ネロを守るように剣を構えたのは、王宮騎士団のトール・ビグレイツだった。

そして、チョロチョロと私の元まで戻ってきたのは、精霊のドン助とポポ太郎。

間に合った。間に合った……っ。

私の精霊たちが、トールを見つけ連れてきてくれたんだ……っ！

「何だ……この男……」

敵は、トールの出現に妙な反応を示していた。

「黒髪に、鮮やかな菫色《すみれいろ》の瞳……」

「まさか、トワイライト……？　いや、こんな奴は知らないな」

「お前、いったい何者だ」

トワイライトの魔術師たちが、再び動揺し、ざわついていた。トールの見た目や雰囲気から、自分たちと通じる何かを感じ取った様だった。

しかし、当のトールは、トワイライトに対し敵国の手の魔術師という以外の認識はなく、隙を見せることはない。

そこに、同胞に対するような躊躇《ちゅうちょ》はなく、剣を構え、円環状に鋭い氷の刃を待機させていた。

敵がトールを警戒していた、その直後、上空より無数の魔法攻撃が降り注ぐ。

「え!?」

顔を上げると、空には見慣れた精霊魔法陣が無数に展開されており、数人の王宮騎士団が天馬に跨《また》がりそこにいた。

「そこまでだ、愚かな侵略者共め！」

守護者のライオネルさんの声が響いた。

アイリの護衛で、数人の騎士がルネ・ルスキアにいたに違いない。彼らは数人が空に止《とど》まり、ライオネルさん含む数人が、私たち生徒を救出するため、地上に降り立った。

彼らは大鬼《オグル》と戦っていたのか、負傷している者も少なからずいたが、トワイライトの魔術師たちに対し怯《ひる》むことはない。

「チッ、王宮騎士ってやつか！」

「どうして学校に騎士が。ルネ・ルスキアの周囲には結界を張っているはずなのに」

「ええい、ルスキア王国の騎士なんて大したことない。怯むな！」

「とにかくあいつだ。あいつを殺さないと――」

連中は混乱しつつあったが、ネロを殺すと言う目的が最優先事項であることに、変わりは無いようだった。トールの氷の刃をその身に受けながらも、ネロを狙う。

しかし騎士たちが、トワイライトの魔術師たちを一人一人足止めする。彼らの精霊たちも入り乱れ、トワイライトの魔術師たちはいくら手練《てだ》れであろうとも、ネロに手を出す余裕がなくなった。

その隙に、ライオネルさんが怪我《けが》を負って動けないネロを抱えて、私たちの元まで連れてくる。トールもまた、そんな二人を守りながら、敵の攻撃を防いでいた。

ライオネルさんとトールは、何かアイコンタクトを取り合っていた。

「ネロ、ネロ！」

「大丈夫だマキア。どれも致命傷は避けているよ」

本人は血まみれでありながら、痛みすら感じていないかのようにケロっとしてるが、私の方が今にも泣きそうだった。

フレイやレピスも、他の騎士団によって支えられながら、立ち上がっている。

「君たちに治癒魔法をかけたいところだが、あいにく騎士団の治癒魔術師がここにいない。今すぐこの場を離脱した方が賢明だろう。私が君たちをお連れする。もう安心だ」

ライオネルさんがネロを抱えたまま、数人の騎士を引き連れ、私たちについてくるように言う。

「では、俺は時間を作ります」

一方で、トールはトワイライトの魔術師たちと戦うため、ここに残るようだった。

彼の横顔が、黒髪が、翻るマントが、私のすぐ横を通り過ぎていく。

「トール……っ」

私は思わず振り返る。

トールは横切る時、私の方を一瞬だけ見て、眉《まゆ》を寄せて微笑《ほほえ》んだから。

そうだ。私はまだ、トールとすれ違ったままで……

「マキア、逃げましょう。騎士団が足止めをしてくれている間に、ネロさんとフレイさんを、安全な場所に連れて行くのが最優先です。未来のために、この二人が、敵の手に落ちるようなことがあってはいけません。……もちろんあなたも」

「……レピス」

未来のため、という言葉にハッとさせられた。

レピスは先ほどまで絶望の顔をしていたのに、すでにそれどころではないと、彼女が自分自身に言い聞かせているようだった。

何か、大きな使命を思い出したかのように……

「特に、ネロさん。あなたもそのことを十分に自覚していますね」

「……ああ」

一方、地上と上空では、トワイライトの魔術師と騎士たちによる刃の交わし合い、魔法の交戦が繰り広げられていた。トールもまた、トワイライトの魔術師たちのスピードに押されつつあった騎士団たちに交じって、空中で戦っている。

トールが参戦することで、戦況がガラリと、一気に変わったのが分かる。

彼が使っているのは精霊魔法だけじゃない。

驚いたことに、トワイライトの魔術師たちと渡り合える速度で、応戦している。

消えたと思ったら、どこからか出てくるような……おそらくあれは、小規模な転移を繰り返して移動する〝空間魔法〟なのだろう。

それを駆使しながら、複数の魔法を瞬時に的確に使い分けて、敵を追い立てる。

トールの得意とする氷系の精霊魔法も、速度を増して敵を翻弄《ほんろう》した。

「どうしてお前が……お前がトワイライトの魔術を使っている！」

トールの放った氷の杭《くい》に肩を貫かれながらも、トワイライトの男が、険しい目をしてト

トールの空間魔法を使っている。

トールのような他所者《よそもの》が、トワイライトの空間魔法を使っている。

そのことに、焦りを隠しきれずにいた。

「マキア嬢、振り返ってはいけない！」

ライオネルさんの呼ぶ声にハッとした。

私は、どうしてもトールを残していく事が出来ず、度々振り返ってしまっていた。

――その時だ。

「逃がすものか！」

トワイライトの魔術師のうちの一人、あの獣耳の青年の声が聞こえ、私の真横を細い槍《スピア》の様なものが通り過ぎた。

それが、地面に強く突き刺さる。

「!?」

槍の突き刺さった場所を中心に、螺旋《らせん》状の爆発を生んだ。

「きゃあ……っ！」

ちょうど、私は崖《がけ》の際を走っていた。

戦うトールを気にするがあまり、前を走っていた班員たちから遅れを取って、少し離れていた私が悪かったのだ。

班員たちは固まって爆風に耐えていたが、私は爆発に巻き込まれ、はじき出される形で、崖に面した海に放り出される。

「マキアッ!!」

班員たちが手を伸ばすも、私には届かない。

浮遊魔法を使おうにも、私はすでに魔力を切らしていた。

このままでは、海に、落ちる――

「お嬢！」

一瞬、浮遊魔法で体が浮いた感覚があったものの、どこからか別の魔法が放たれて、それが私の側で、再び大きな衝撃を生んだ。

これはいくつかの魔法がぶつかり合った時の衝撃だ。

私はその爆風に押される形で、真冬の冷たい海面に体を叩《たた》きつけ、そのまま激流に飲み込まれる。

まるで、海が私の体を摑《つか》んで放さなかったかのようだ。ズルズルと、暗く冷たい場所に、引《ひ》き摺《ず》り込まれていく。

もがいても、もがいても、この水圧から逃れられる気がしない。

だが、手を伸ばした先に、強く私を引き上げる腕があり、私を引き寄せ、抱きしめた人がいる。

その人はこの海中で、音にならない呪文《じゅもん》を唱える。

トルク・メル・メ・ギス――

知らない、第一呪文だ。

それなのに、よく知った声を、聞いた気がする。

まるで、四角い黒い箱にでも閉じ込められたかのように、視界が暗黒色に染まる。

音もなく、匂いもない。

海水の冷たさはとうに感じられず、全てが真っ暗。

それでもなお、誰かに強く抱きしめられている――その感覚だけが私の体を包み込んでいた。

第七話　魔法の代償

真っ逆さまに、海に落ちたということは良く覚えている。

ただその後の記憶などない。遠くからさざ波の音が聞こえて、私は目を覚ます。

「ゲホ……ッ、ゲホゲホッ」

咳《せ》き込んで、水を吐く。

身体《からだ》中に激しい痛みが走ったが、私はゆっくりと起き上がった。

冬の砂浜が広がっていて、私も身体中、塩水と海藻と、砂まみれだ。

とにかく寒い。ガチガチに震える唇を噛《か》み締《し》めながらも、私は自分の体の内側の〝熱〟を意識して温めた。【火】の申し子でよかったと、これほど思ったことはない。

私、確か爆発に巻き込まれ、断崖《だんがい》から海に落ちたはず。

水が苦手な体質の私が、荒波の冬の海に落ちて助かるはずもない。

だが、私は生きている。

海面に叩きつけられる直前、トールの声がした気がしたのだけれど……

「トール……っ！」

そうだ。トールが助けてくれたのだ。

海の中で、私を引き上げる力強い手の温《ぬく》もりを感じていた。

それでやっと、すぐ側にあった黒い塊に気がついた。

それは黒い王宮騎士団のマントで、トールと思われるものが俯《うつぶ》せで倒れている。

「トール、トール！」

「!?」

私は力の入りづらい手で、何とかそれをひっくり返し、トールの顔を確認した。

確かにそれはトールだったが、頭部から右目にかけて、夥《おびただ》しい血が流れている。

あまりに酷《ひど》い怪我だ。

「そんな……っ」

流血が激しく、どこを怪我しているのかも、これではよく分からない。

だけどトールは、きっと私を助けるために海に飛び込み、何かの衝撃で怪我を負ってしまったのだろう。もしくは、海中でも敵の攻撃を受けたのか。

顔は青白く、身体は冷え切っていた。さらに、魔力切れを起こしかけている。

トワイライトの魔術師との戦いでは、魔力切れを起こしそうな気配は無かったのに。

「どうして……？　まさか、私を助けるために、何か、特別な魔法を使ったの？」

それこそ、トールが魔力切れを起こしかけるほどの魔法を……

ハッとして空を見ると、ちょうど私たちの真上に、四角く切り取られた様な、空間の歪《ゆが》みを見つけた。それは黒く歪んでいて、今も流動的に揺らいでいる。

「あれは……何？」

見ていると心がざわつく。

あれが空間の歪みであるならば、多分トールは、何かしらの空間魔法を使って、私を海から助けてくれたのだ。

おそらく転移魔法の類《たぐい》だと思うけれど……でも、少し違う様な気もする。

私は、無意識のうちにパタパタと涙を零《こぼ》していた。

私がもっとしっかりしていたら。あんな大事な局面で、海になんて落ちなければ……

「……どうして、泣いているんです、お嬢」

トールの、掠《かす》れ声がした。

私はハッとして視線を落とし、薄く意識を取り戻したトールの声を聞き取ろうとする。

「泣かないで下さい。あなたが泣くと、俺はたまらない気持ちになる」

「でも、トール！」

トールはそれだけ言うと、再び気を失った。

「トール……っ」

私はもっともっと泣き喚《わめ》いてしまいそうだったのを必死に堪《こら》え、涙を拭《ぬぐ》う。

こんなところで泣いている暇などない。ここが学園島の何処《どこ》かであれば、すでに大鬼《オグル》は島のあちこちにいるし、奴らに見つかってしまえば、私もトールもおしまいだ。

トールを死なせてなるものか。

絶対に、絶対に守る。助ける。助ける。助ける――

挫《くじ》けてしまいそうなほど辛《つら》いが、心の炎を今一度灯《とも》す。

そして、力尽きてしまいそうなトールを引きずって、私はゆっくりと移動した。

浮遊魔法を使えるだけの魔力は、私にはもう残っていなかったから、自力で運んだ。

エスカ司教の辛い修業に耐えていてよかった。昔の私だったらへこたれて、きっと運べなかったと思う。

あの修業は、辛い時でもしんどい時でも、根性を出して耐えられるようにする修業でもあったのだろうな……

少し移動して、すぐに気がつく。

ここは、私たちがよく使っているガラス瓶のアトリエに近い浜辺だ。

先ほどまでいた、西の海岸からは随分と遠い。

「でも、ガラス瓶のアトリエに行けば、魔法薬があるわ……っ」

何より、あそこは暖かい。

トールの傷を手当てして、彼の体を休めなければ。魔力切れは下手したら命を奪いかねない。

　ふと、かつてのトールの言葉が思い出される。

　あなたを守れなければ、俺に生きている価値などない——

「はあ……はあ……」

　きつい。辛い。

　それ以上に、トールを救えなかったらどうしようという恐怖が私を襲う。

　四方八方、常に大鬼を警戒している。その緊張感が余計に体力を奪う。

　ギリギリのところで気持ちを保ちながら、やっとの事でガラス瓶のアトリエにたどり着いた。

　ここに大鬼はいない。

　この辺まで来ていないようだ。よかった。

　時計をチラリと確認する。ちょうど、正午を過ぎたところか……

　終業式が午前の九時に始まった。あれからまだ、三時間程度しか経《た》っていない様だ。

　だけどたったの三時間で、私たちの学校は、私たちを取り巻くものは、ガラリと姿を変えてしまった。

　私はアトリエに立てこもり、トールをソファに横たえてから、出入り口をしっかりと施錠した。

ガラス瓶のアトリエは、ガラス瓶であるがゆえに外から丸見えだが、外から中が見えないようモードを切り替えることもできる。

ただし中からは外が見えるので、大鬼が近くにいたら気がつくことができる。そういう意味では籠城《ろうじょう》に持ってこいの場所だ。

生活魔法道具コンテストで作った小型の魔法ヒーターを付け、トールの傍《そば》に置いて、温める。速攻で温めてくれるこの道具がありがたい。

……そっか、こういう時に、役立つんだ。

自分たちで作ったものが、このような形で大切な人の命を守ってくれて、涙が出そうだった。

暖炉の火は付けるわけにはいかない。外に煙が出てしまったら、ここに人がいることがバレてしまうから。

「トール、トール、もう大丈夫よ」

意識のないトールに、しきりに話しかけていた。

服を脱がせ、傷口を清潔なタオルで拭《ふ》いた。

その最中、ドッと胸が冷え込む。トールは右目を深く傷つけている。

というより、右目が……ない。

暗く落ち窪《おくぼ》んでいて、ぽっかりと穴が空いたようになっている。

何がどうしてこうなったのかはわからない。

だけど、これでは、トールの右目はもう……

「ダメよ、マキア、泣いちゃ」

しゃくりあげてしまいそうだったが、耐えた。

悲しみや辛さに耐えなければならない。トールの方がよほど痛くて、辛いに決まっているのだから。

まずは傷の手当てをして、命を守らなくては。

この世界で、私が一番大切な男の子の命を……

アトリエで魔法薬を探した。ここにあったのは、消毒薬と、オディリール家特製の魔法の傷薬〝リビトの傷薬〟と、魔力を作る魔質を多く含む塩林檎《りんご》だ。

トールの傷口を消毒し、大きな怪我《けが》の治療をしなければならない。

そのためには、私自身が、少しでも魔力を回復しなければ。

私は塩林檎を無理やり齧《かじ》って食べ、身体に取り込む。疲労のせいか吐き出してしまいそうだったが、それでも無理やり。

じわじわと、少しばかり魔力が戻ってくるのを感じる。

時々、体が痙攣《けいれん》するが、構うものか。

　そして私は、トールに治癒魔法をかける。

「メル・ビス・マキア――――癒《いや》せ。縫い止めよ」

　治癒魔法が苦手なこともあり、少し時間がかかったが、この魔法で、頭部と、体にあった大きい傷をなんとか塞《ふさ》いだ。小さな傷はリビトの傷薬で治った。

　これで出血死だけは避けられる。もっと本格的に、深い傷や右目を完治させるほどの治癒魔法が使えたならば、トールから痛みを取り除くことだってできただろうに。

　こういう局面でこそ、力不足を痛感させられる。

　今朝まで私は、この一年間本当によく頑張ったと、自分に満足し、自分を褒めていた。

　だが、もっと頑張っていたらよかったなどという感情が、自分を責め立てるのだ。

　いや、頑張ったからといって、出来ることなど限られている。

　だけど、もっと何だってできる偉大な魔術師であったなら、私はトールを、正しく、完《かん》璧《ぺき》に助けてあげることができた。

　いいや、そもそも、トールをこんな目に遭わせることなんて無かったのに……

　全部、私のせいだ。私がヘマをしたから。トールが、私を見捨てられないから。

「う……うう……」

　泣くな！　泣くなって言っているのに。

　まだトールは生死を彷徨《さまよ》っている。

傷が塞がっても、魔力切れの方が深刻なのだ。

いつもよく飲む塩林檎ジュースをレシピ通り作って、トールに飲ませようと、口元に流し込む。

だが、ちゃんと飲めたのかわからない。口の端から、ジュースが流れ落ちる。

トールは依然として、意識がない。体がますます冷たくなっている気がする。

「ダメだわ、これだけでは……っ」

どうしよう。どうしたらいい。

私にできる手立てが、まだ残っているのなら何だってするのに。

「……あ……」

その時、ふと思い出したことがあった。

もうずっと昔のことだが、私がまだトールと出会う前の幼い頃……一度だけ、魔力切れというものを起こしかけたことがあった。

きっかけは、私が興味本位で、自分に見合っていない高難度の魔法の詠唱をしてしまったことで、意図せず火球の魔法を使い続ける状態に陥ってしまったことだった。

あの時は、デリアフィールドに大量の火の玉を出現させる事態となり、大変だった。その結果、私は魔力切れを起こしてしまったのだった。

経験豊富なおばあさまがうちにやってきて、魔力切れで気絶し、死の淵《ふち》をさまよっていた私に、ある処置を施した。それは古いショック療法のようなものなのだが……

「…………」

迷っている暇など無かった。私は、トールに飲ませようとした塩林檎ジュースを自分でゴクゴク飲んで、一度目を閉じる。

体の中で生み出され、体内に葉脈を流れるような魔力を感じ取り、深呼吸する。

こんな形で、好きな人とキスすることになるなんて、思わなかったな。

「ごめんね。トール。ごめんね」

囁《ささや》いて、トールの顎《あご》に手を添えて、そっと唇を重ねる。

ああ。まるで、氷にキスしているかのようだ……

私は口から、自らの魔力を流し込んだ。きっととても熱い魔力だと思うのだ。

人工呼吸のように、それを繰り返す。

一気に流し込むと、それこそ体を壊しかねないから、少しずつ、少しずつ。

自分もまだ、魔力が全て回復したとは言い難《がた》い。だけど、限界ギリギリまで、トールに注ぎ込む。

あとはもう祈るしかない。トールの魔力が回復し、安定し、目が覚めてくれるのを。

お願いメイデーア。

この世界に、トールという魔術師が必要であるならば、こんなところで死なせないで。

お願い。お願い。

私はもう、トールが生きていてくれるなら、それ以上なんて望まないから――

「……っ、ゲホ、ゲホ」

トールが咽《む》せた。意識が戻ったようで、苦しげな顔をして身を捩《よじ》る。

私はそんなトールの手を取り、落ち着かせようとした。その手はほんのりと熱を取り戻していた。

「ここ……は……」

「トール。よかった、よかった……っ。目が覚めたのね！」

私は気が抜けて、ぐらりと眩暈《めまい》がした。

まるで酸欠のようだ。呼吸が荒く、自身の身体《からだ》は痙攣していたが、トールの手をぎゅっと握りしめて耐える。

大丈夫、大丈夫……ずっと続いていた緊張状態が、ふっと途切れてしまっただけだ。

「お嬢、お嬢ですか」

「私はここにいるわ、トール」

トールは片方の目で私を探し、私の姿を見つけると、少し安堵《あんど》したように息を吐く。

「トール、痛いところはない？　寒くない？　あなた、海に落ちた私を助けてくれたのでしょう？　さっきまで体がとても冷たくて……っ、魔力切れを起こして、意識を失っていたのよ」

それに、右目が……

「だけど、お嬢。不思議なほど……体の中が温かいのです」

トールはポツリと、そう呟《つぶや》いた。

奇妙だと言わんばかりの顔をしていたが、ある時、何かに気が付いたのか、

「もしかして、お嬢」

トールは口を半開きにして、じわじわと片方の目を見開く。

泣いていた私もまた、トールに悟られたとわかって、ドッと体が熱くなった。

「ご、ごめんなさいトール！　これしか方法が思いつかなかったのよ……っ！　私、私、トールのファーストキス奪っちゃったわ！」

そして猛烈に謝罪する。

たとえ男の子であっても、気絶した状態で意中でもない女の子に口付けされるなんて、ショックでしょうから。

「いえ。ファーストキスではありません」

「……え？」

しかしトールはあっさりと宣《のたま》う。

私の方が、そっちに多大なショックを受けて、目を点にして固まってしまう。

え、嘘《うそ》。いや、そりゃあそうよね。トールほどの色男であれば、そりゃあ……

そして、どんよりジメジメと、落ち込む。

そんな私をよそに、トールはまた、さりげなく尋ねた。

「……お嬢は？」

「え？」

「ファーストキス、だったんですか？」

「………」

あまりに恥ずかしいので俯《うつむ》いてしまう。

「私は、そりゃあ、ファーストキスよ」

私の顔は、熟れた塩林檎のように真っ赤だったと思う。

トールはというと、体を横たえて右手を額に手を置いたまま、長い長いため息をついていた。

「申し訳ありません、お嬢。俺を救うために、あなたの大切なものを奪ってしまった」

トールにとっては、忠誠を誓ったお嬢様の唇をこんな形で奪うだなんて、騎士として失格だとか、あってはならないことだとか、思っているのでしょうね。

本当に、この男ときたら、どこまでも鈍い。

私は、ポツリと、聞こえないほどの小声で言う。

「別に、いいのよ。だって……トールだもの」

トールは知らない。私がトールを、好きなことを。

そりゃあ、夢見る乙女の、理想のファーストキスとは言えないでしょう。

お相手は意識もなく、今なんて後悔してため息ばかりついているもの。全く嬉《うれ》しそうじゃないもの。

だけど、それでもトールの命を救えたのならば、私にとって何より価値のあるファーストキスだったと思うのだ。

我慢していた涙がポロポロと溢《あふ》れた。

「お嬢……」

「前に……トール、言ったわよね。私にとって、一番居心地のいい場所は、もうあなたの元ではない、と」

私は流れ続ける涙を時折手で拭《ぬぐ》いながら、話し続けた。

「あなたの言う通りよ。私にはここで、大切なものがたくさん増えたわ。このアトリエで仲間たちと過ごす日々が、デリアフィールドに代わる居心地のいい場所だった」

「…………」

そんな私の態度が、元に戻りたいと願って励み続けていたトールを傷つけ、彼に孤独感を植え付けていたのだろう。

それでも私に愛想を尽かすこともなく、必死に私を守ろうとしたトールの健気《けなげ》さを思うと、私の心はジクジクと痛んだ。

「でもね、トール。あなたは何か、勘違いをしているわ」

まるで、私からあなたが必要なくなったとでもいうような、ありえない勘違いを。

そうじゃない。そうじゃないわ。

私が、元の関係に戻れないと思っている、その理由。

「私にとって、トールの隣は、もう刺激的すぎるのよ。あなたの隣にいると、平常心じゃいられない。あなたの顔を見るだけでも、心が掻《か》き乱《みだ》される。あなたに触れられると、胸がドキドキして、張り裂けそうなの」

「……え？」

「だから……っ、もう、トールが望むような〝騎士とお嬢様〟じゃいられないのよ」

私が胸の内を吐き出しながら、ベロベロに泣いている一方で、トールはらしくない顔をしてキョトンとしている。

そうよね。こんな感情、トールには、理解できないでしょうね。

でも、守り守られる上下関係には、もう戻れない。

私がこの恋に、想《おも》いに、決着をつけない限り。

「……私……ごめん……トール」

「どうして謝るのですか」

「だってこれは、トールを困らせることだから」

私にはわかっていた。

トールが望んでいるのは、そういう関係じゃないってことくらい。


「ごめんね……っ、トール。だけど、私、あなたが好きなのよ」


だけど、ずっと、ずっとずっと、伝えたかった。

前世で、自分の命すら散ったあの瞬間に願ったことは、来世こそ好きな人に想いを伝えられるような女の子になれますように、だったから。

今の今まで、何者かに阻止されるがごとく、私はこの想いを口にできずにいたけれど、やっと……


トールはというと、しばらく無言で、黙っていた。

沈黙の時間が、痛いくらい、長く感じられた。

「ありがとうございます、お嬢。……俺を救ってくれて」

やがて、落ち着いた口調で、トールは私にただただ、感謝した。

私の告白はそのようにして、トールに受け止められたのだった。

ああ……

私はじわじわと視線を落とす。

少しばかり切なくなったが、気持ちを持ち直し、首を振る。

そうだ。私はそれ以上を望まないと、自分で願った。

私はただ、この気持ちをトールに知って欲しかっただけなのだから。

「……何を言っているの。感謝するのは私の方だわ」

私は一度、目元に溜《た》まっていた涙を袖《そで》で拭った。

そして、いつもの通り、トールの望む〝お嬢〟の顔をする。

「本はと言えば、あなたが私を助けてくれたのよ。それに、トール、気がついているの？　あなた、右目が……失われてしまったのよ」

やっとトールの右目について知らせると、トールは失われた右目に軽く手を当てて、なぜだかフッと笑った。

「何も問題はありませんよ。目玉の一つくらい、くれてやります」

「で、でも、トール……っ」

「それとも、片目のない俺は、あなたの騎士にふさわしくありませんか？」

トールはこんな時でも笑って見せて、私をからかう。

だけど私は必死になって首を振る。

「そんなことないわ！　でも、どうしてそんなことになってしまったのか、わからないの。あなた何をしたの？　私を……守るために」

私は震える手で、トールの前髪を払う。

そして逃げずに、見つめ続ける。黒く落《お》ち窪《くぼ》んだ、右の目元を。

空洞のようになり、失われてしまった、美しい彼のすみれ色の瞳《ひとみ》。もうあの瞳が戻らないのかと思うと、酷《ひど》く悔しい。

「俺は、トワイライトの秘術を使ったんですよ」

「秘術……？　レピスから習っていた？」

「ええ。お嬢は覚えていないと思いますが、あの時、俺たちは海中で、トワイライトの包囲結界に囚《とら》われていました。あれは通常の転移魔法を阻止するので……海中から逃げ果《おお》せるには、覚えたての秘術を使って、突破するほかありませんでした」

トールは右の目元に当てていたその手を外し、今度はその手を見つめた。

「俺が未熟なこともあり……無理やり、力任せでやってしまいました。その反動で、きっとこの瞳が、失われたのでしょう。空間魔法とは、そういうものなのです」

「そんな……」

その秘術がどのようなものだったのか、私は全く覚えていない。

だけど確かに、あの冬の海に落ちて、浜辺で意識を取り戻した時、私は頭上に、四角くくり抜かれたような、空間の歪《ゆが》みを見た。

あれは、トールが使った、トワイライトの秘術によるものだったのか。

それが例えば、私が使う〈紅《くれない》の魔女〉の魔法のように、酷く魔力を消費し、体を酷使するものだったのであれば、トールが魔力切れに陥るのも頷《うなず》ける。

そしてトールは、私を連れて、海中からあの浜辺まで逃げ果せてくれたのだ。

真実を知ったことで、私は一層、胸が苦しくなる。

「どうして泣くんですか、お嬢。相変わらず泣き虫ですね」

「だって……っ、あなたが、かわいそうでならないの。あなたに守られてばかりの私が、不甲斐《ふがい》なくてたまらないのよ」

「お嬢……」

「私、バカだわ。今朝まで、自分はこの一年間とても頑張ったと得意げになっていたのよ。でも、私なんかよりずっと、トールの方が必死な思いをして、頑張っていたんだわ」

トールは密《ひそ》かに、身を削るような魔法を習得していた。

詳しいことはわからないが、トワイライトの魔術師たちの、体のあちこちが失われ機械で補っている姿を思い出し、私は〈黒の魔王〉が残した魔法の恐ろしさを思い知る。

「何を言っているんですか。俺は……俺は、お嬢を守る力を得られただけで、十分、満たされている。……あなたを守れない方が、死にたくなりますから」

トールは私の顔を覗《のぞ》き込み、その手を伸ばして、枯れもせずポロポロ溢れ続ける私の涙を拭った。

その手が、指が、頬をなぞって唇に触れる。

「…………」

「……トール？」

その視線や仕草は、今の私には耐えられそうにないほど、切なげで大人っぽい。

なんだか自分よりずっと年上の男の人のようで、バクバクと心臓が胸を打つ。

「ねえ、お嬢。さっきは少し驚いて、頭が真っ白になって聞き流してしまったのですが……今一度、聞かせてくれませんか？」

「な、何を？」

「お嬢は、俺が好きなんですか……？」

「……っ」

ブワッと顔が熱く、赤くなる。

トールってば卑怯《ひきょう》だ。

唇に触れ、そんなに強く見つめながら、囁《ささや》くような声でもう一度私の気持ちを確かめるだなんて。さっきは軽くスルーしたくせに。

「あ、わ、私は……っ、だって、そりゃあ」

言葉がもつれて、しどろもどろになって、視線もあちこちに泳いでしまう。

トールだけが大人びた視線のまま、じっと私を見ていた。

ていうかいつまで人の顔を触っているのか。ていうか服、着て。

「言っときますけど、俺は、お嬢が思っているよりずっと汚い男ですよ」

「あああ、あなたは綺麗《きれい》よ！」

思わず強い語気で断言する。

でもそれは見た目だけの話ではなく、ふとした笑顔や、健気で一途《いちず》なところや、寂しそうに遠くを見ている姿や、時折その瞳に感じる孤独感さえ……

全てが私の胸を焦がすのだ。

だけど私ばかりが翻弄《ほんろう》される中で、ふと、自分の奥底に眠る、自信のない私が顔を出す。

「でも……でもトールは、迷惑に思うでしょうね」

私の、こんな気持ち。

「……なぜです？」

トールは、私の頬や唇に触れていた指で、そっと私の顎《あご》を持ち上げる。

「いつ俺が、そんな風に言いました？」

怖くないけど、優しくない。

だけどじわじわと追い詰めて、捕らえて逃さないような、声。

これが魔性の色気と言うものだろうか。

「お嬢。あなただって知らないでしょう」

「トール……？」

「俺が、俺がずっと、欲しかったものを……っ」

切なげで、どこか切羽詰まったようなトールの表情。その吐息が妙に近くて、私の胸はドッドッと早鐘を打って、弾《はじ》け飛びそうだった。

……だが、その時だ。

妙なプレッシャー、それこそ殺気のようなものを左側面から感じて、私とトールはほぼ同時に、そちらに顔を向けた。

「!?」

ギョッとした、どころの話ではない。

アトリエのガラス窓に、イライラ顔を隠さず晒《さら》す男が映り込んでいた。

「あ……え……」

白い司教服に、司教冠。

神聖な格好に似合わない邪悪な顔は、古《いにしえ》の黒魔術で召喚された悪魔のごとく歪んでいる。

エスカ司教だ。私に修業をつけていた、エスカ司教だ。

「外に魔物がいます、お嬢！」

「あれはエスカ司教よ！」

トールはわざとそう言ったのか、本当に魔物の一種だと思ったのかはわからない。

そもそもこのアトリエは外から見えない仕様にモードチェンジしたはず。

しかしエスカ司教は、見たくないものでも見てしまったかのような嫌悪感を表情全体で表現していて……さらにはバズーカ砲を取り出したぞ！

「ちょ、ちょーっと待ってくださいよ、司教様！」

まだこんなに動けたのか、という程の俊敏な動きで、私はガラス瓶のアトリエから飛び出た。そして私たちの大切なアトリエをぶっ壊そうとしている司教を止め、アトリエに引き入れる。

「この大馬鹿どもがっ！　こんな非常事態に、室内に引きこもってイチャコラしてんじゃねえ！　嫌なモン見ちまっただろうが！」

エスカ司教は私たちを怒鳴りつけた。ドでかい怒鳴り声を魔物が聞きつけたらどうしてくれるのか。

いや、イチャコラしてたってのを否定することもできないんだけど……

「そもそもなんでここにいるんですか、エスカ司教」

「今日は学期末だ。俺様は学期末に、世界樹《せかいじゅ》の枝に水やりをする役目があった。地上に出たら帝国の魔物がうじゃうじゃいるし、これはもう俺様が片っ端から始末するしかねえと思ってな。まあ、今の今まで、敵を死ぬほど蹴散《けち》らしていた訳だ」

そういえば、エスカ司教は魔物退治のエキスパートであった。

そもそも私は、魔物の倒し方をこの司教に習っていたのだ。

「それで、戦況はどのようになっているのですか」

いつの間にか衣服を着ているトールが、エスカ司教に尋ねる。

司教は目を細め、チッと舌打ちをしつつ、

「安心しな。今のところ生徒に死者はいねえ。終業式で固まっていたのが幸いしたな。怪《け》我《が》をした連中はいるようだが、魔法薬は潤沢にあるようだし、いっときは凌《しの》げるだろう。ただし――教師陣には、数人、死者が出ているぞ」

その知らせに、胸がざわつき、冷え込んだ。

私はこの魔法学校で、様々な教師にお世話になった。

先生たちはきっと、生徒を守るために前線で戦っていたのだ。

誰が死んで、誰が生きているのかはわからないらしい。しかしそれを考えるのはとても恐ろしい。

そうだ……メディテの叔父《おじ》様はどうなったのだろう。

あの時、叔父様は、たとえ死んででも生徒を守る覚悟だった。

「あの、メディテの叔父様……メディテ先生の安否はわかりますか？」

「メディテ？　ああ、あのメディテ家の片眼鏡か。あいつのことは知らねえよ。俺様は出くわしてない」

「……そう、ですか」

「ただあちこちで、メディテ家が開発した対大鬼《オグル》用の毒は散布されたようだな。相当な効果があったらしいぞ」

「………………」

その報告だけでは、不安は拭《ぬぐ》えない。

レピスやフレイ、ネロのことだって気になる。

あの後、トワイライトの魔術師たちから、無事に逃げられただろうか……きっと私のこと、心配してるだろうな。

「ご安心ください、お嬢。ライオネルさんの率いる騎士団ですから、班員の皆様を守っておられますよ。アイリ様の護衛とあって、騎士団の中でも優秀な者たちが集められていたのですから」

私の不安を感じ取ったのか、トールがそのように言ってくれた。

私もまた、トールに知らせねばならないことがあると、思い出した。

「アイリとギルバート王子も、第一ラビリンスで見かけたわ。あの場所にいれば、きっと安心だわ」

「そう、ですか……それは良かった」

ホッと安堵《あんど》したようなトールの表情に、私も心が少しだけ軽くなる。

ただ、現状、あの場所がどうなっているのかはわからない。あとはもう、自分の目で確かめに行くしかないのだろう。

「おい、てめえ」

エスカ司教がトールの前に立ち、その前髪を摑《つか》むようにして、ガッと押し上げた。

エスカ司教は歪んだ顔つきをさらに歪めて、まじまじとトールの顔を見る。

ちょうど失われた右の目元の空洞を。

「クハハッ！　小僧、片目がいっちまったか。〝黒い箱《ブラック・ボックス》〟を無理やり開いたんだろ。せちがれえよなあ、トワイライトの魔法ってのは燃費が悪くて」

「…………」

私はオロオロして、エスカ司教とトールを交互に見る。

直後、空気の感じがふと変わった気がして、エスカ司教が真面目な顔つきになった。

「おい。二人とも相当疲れているようだが、急いで大灯台に向かうぞ」

「大灯台？」

「お前たちはまだやることが残っている。この学校を敵に蹂躙《じゅうりん》されたくなければ、俺についてこい。俺があの腹黒のところまで、お前たちを連れて行ってやる」

腹黒……すぐにピンとこなかったが、灯台には確か、ユリシス先生がいた。

ユリシス先生はあの場所で、破壊された魔法水晶を修復し、生徒たちを守るよう学園の精霊たちに命令を出していたが、今は無事でいるのだろうか。

「で、でも司教様。私たちはもう魔力がほとんど残っていません。何をしようにも、魔力が必要では？」

エスカ司教のことだから「だらしねえ！」と怒鳴るかと思ったが、そこのところは理解してくれ、白い司教服の、深い袖《そで》の中をごそごそと探って何かを取り出す。

コロンと丸い、不思議な果実だ。

「な、なんですかこれ」

「これがどれほど崇高な食い物か、お前たちには想像すらできんだろう。これは、世界樹ヴァビロフォスの聖なる果実だ。ああ、メー・デー。力不足で嘆かわしい子羊を救いたもう。ありがたや、ありがたや……」

胸で十字を切り、その小さな果実を拝んでいたかと思うと、司教は突然、私とトールの口にそれを突っ込む。

「!?」

噎《む》せながらも、齧《かじ》って飲み込んだ。

プラム大の小さな果実だったし、タネもなく柔らかくてジューシーだったので、すぐに食べることができた。

それになんと甘酸っぱく、芳しい果実だろう。食感は若いブドウのようだ。

「え……」

その効果は、すぐに実感できた。

驚くほど体の辛《つら》さが消えて行く。私が治癒しきれなかった傷もスッと塞《ふさ》がれる。

魔力は溢《あふ》れんばかりに回復した。これを奇跡と言わずになんと言おう。

世界の人々が崇《あが》め讃《たた》える神聖な大樹が、名ばかりのものではないのだと、身を以《もっ》て思い知った。

「はっ。もしかして、トールの目も戻ったんじゃ……っ！」

奇跡の果実の力であればと思い、私は慌ててトールの方を向く。

彼は瞳を失った右の目元の上に手を当てていたが、ゆっくりとそれを外した。

しかし、右目は変わらず失われていて、黒く空洞化していた。

「……そんな」

「残念だが、それはただの外傷じゃねえんだよ。てめえが一番よくわかっているだろうがなあ、トール・ビグレイツよ」

煽《あお》るようなエスカ司教の言葉にも、トールはただただ、押し黙っている。

「魔法による〝対価〟だ。トワイライトの魔法は空間を切ったり貼ったり、繋《つな》げたり飛ばしたり、散々弄《いじ》って回る。その途中で、ふと体の一部をどこぞの空間に持っていかれたりするのだ。傷を癒《いや》すのではなく、無くなったものを取り戻すのは、いくら世界樹の果実であろうとも、不可能だ」

その話を聞いて、私は歯を食いしばる。

ではやはり、トールの右目はもう、戻らないと言うの。

「だが、あいつなら……どうにかできるかもしれねえな」

エスカ司教は、視線を横に流して、ポツリと呟《つぶや》いた。

——と、その時だ。

ガラス瓶のアトリエの外が、カッと、強烈な光に包まれる。

「!?」

聞き覚えのない不思議な音が連続的に響き渡り、尋常ではない魔力の波動の中、私たちは急いでガラス瓶のアトリエを出た。

「何……あれ……」

驚いた。

南の空に浮かんでいたはずの、大転移魔法陣に、巨大な光の矢が突き刺さっている。

まるで、空にひび割れができているかのようだ。

巨大な魔法陣は、光の矢の刺さった場所から、ボロボロと破綻《はたん》していく。まるで天井の壁紙が剥《は》がれ落ちるかのように。

エスカ司教が、懐から双眼鏡のようなものを取り出し、まじまじと空を見ていた。

「ほー。あいついよいよやりやがったか」

「……もしかして、ユリシス先生の力ですか？」

「ああ。あの腹黒クソ王子の魔法で間違いないだろうな。複数の精霊を掛け合わせて、莫《ばく》大《だい》な威力を込めた魔法でもぶつけたんだろう。あの光の矢の形状から言って……月の大精霊アルテミスの力を基軸にしているのか……あ、ちなみに言うと、大転移魔法陣の破壊は俺様にもできる」

「じゃあなぜ、さっさとやらなかったんですか」

トールが、若干軽蔑《けいべつ》を込めた口調で尋ねる。

「馬鹿野郎。先に生徒たちを避難させる必要があったんだよ。なぜなら……」

エスカ司教は私とトールの頭をガシッと押さえて、その場でしゃがませた。

更には無詠唱で、周囲に念入りに魔法壁などを張る。そして、

「あの規模の魔法陣を破壊すると、もれなく爆発するからだ」

エスカ司教がそう述べた、直後。

激しい爆発音が響いて、天空の大魔法陣が連続的な爆発を引き起こした。

とてつもない爆風と熱気が、この学園島を襲う。

エスカ司教の魔法壁は固く、ビクともしなかったので助かったが、それでも周囲の木々や建物は軒並み吹き飛ぶ。私たちの背後にあったガラス瓶のアトリエだけが、私たちのついでに守ってもらえたみたいで、無事だったけれど。

耐え忍ぶようにして、少し待っていると、爆発による衝撃が落ち着いてくる。

急ぎ、空を見上げた。

破壊され、消えかかっている大転移魔法陣を見てホッとする。

しかしその周囲を、トワイライトの魔術師と思われる者たちが飛び交っているのが見える。あいつらは、何をしているのだろう……

「ハハッ。ざまあねえ。敵もてんやわんやだ！　この隙に行くぞ」

「……司教様。大転移魔法陣は、再び展開されるでしょうか」

トールが冷静に問う。

私からすると、またあんなものを展開するなんてあり得ないのではと思ったが、エスカ司教は頷《うなず》いた。

「その可能性はある。敵だって、あれが壊されることくらい想定内だろう。戦争で使用するつもりなら、どれくらいで再展開できるかも確かめたいはずだ」

そんな風に言いながらも、前を行くエスカ司教は、不敵な笑みを浮かべていた。

「しかし、こっちだってやられっぱなしとはいかねえ。さっきの光の矢は、生徒が全て避難し終わった合図でもある。要するに……不落の要塞《ようさい》とまで言われたルネ・ルスキアの、反撃の狼煙《のろし》だ」

ルネ・ルスキアの反撃の狼煙……

私はゾクゾクと武者震いする体を、自分の腕で抱いていた。

そして密《ひそ》かに覚悟する。次こそは、負けない。下手を打たない。

目の前で大切な人が殺されそうになっているのに、何もできない……そんな絶望の感覚など、二度と、味わいたくはないから。

我々は、この騒ぎに乗じて移動する。

浜辺をぐるっと回り込みながら、急ぎ、ユリシス先生のいる大灯台まで向かわなければならなかった。

しかし浜辺を歩いていてすぐに、周囲の景色に、言い知れぬ違和感を抱き始める。

私は思わず立ち止まり、浜辺から海に面した空を見て、大きく目を見開いた。

「嘘《うそ》……」

空が——

赤く、赤く、この世の黄昏《たそがれ》のごとく、夕焼け色に塗り替えられていく。

時刻はまだ、正午を過ぎたばかりの、昼下がりだと言うのに。

裏　ユリシス、月の矢を射る。

僕の名前はユリシス。

ルスキア王国の第二王子にして、ルネ・ルスキア魔法学校の精霊魔法学担当教師である。

五百年前の大魔術師〈白の賢者〉の生まれ変わりでもあるが、そんなことを知る生徒はいない。

まあ、自分で大魔術師なんて言うのは、何だか滑稽《こっけい》にも思えるからね。


「生徒たちは無事かい？」

僕は、エルメデス帝国の魔物による襲撃を受けた学園島の情報を、庭師の精霊ラフォックスから定期的に聞いていた。

「は。第一ラビリンスに大鬼《オグル》が侵入しかけましたが、救世主アイリの精霊イヴの守護結界により負傷者は出ませんでした。しかし一年生の一人が地上にて大鬼と遭遇。重体とのことです」

「その生徒の名前は？」

「フランシス・ダウニー。ガーネットの3班の生徒です」

「……フランシス君……」

　その生徒のことはよく知っている。

　孤児院の子どもたちでまとまった、頑張り屋なガーネットの3班の一員だ。

　中でもフランシス君の精霊魔法学に対する姿勢は熱心で、優秀だった。精霊魔法学の成績は、首席のネロ君、次席のマキア嬢に続いて、第三位であった程だ。

　性格もおおらかで、動物や精霊にも優しげな興味を示してくれていた。

　僕のところにもよく来て、わからないところを質問したり、ファントロームに触れたがったりして、また彼の好物のビスケットをくれたっけ。

　あの子は、大鬼襲来の後、生活魔法道具コンテストで優勝した魔法のおもちゃが心配で、自分たちが使用していたアトリエに向かってしまったようだ。

　その際、遭遇した大鬼によって脚を食いちぎられた。すぐに駆けつけた学校の精霊により守護され、一命は取り留めたのだが、片脚を失い重症だという。

　誰もが、なぜ逃げなかったのかと彼を叱るだろう。

　しかし、フランシス君の気持ちは推し量ることができる。

　ガラクタで作った魔法のおもちゃ――あれは、あの子と班員と、ユージーン・バチストという男との、絆《きずな》の証《あかし》のようなものだから。

「……生きているならば、本当に良かった。だけど」

生徒が一人傷ついてしまった。

学校に仕える精霊たちを、全て生徒の守護と避難に回していたが、僕は自分が許せない。

もし生徒を一人でも死なせてしまったら、その時点で僕たちの敗北だ。

——忌々《いまいま》しい帝国め。傀儡《かいらい》と化した哀れな魔物め。

帝国が転移魔法を研究していると言う情報は、フレジール皇国より聞いていた通りだが、
その大転移魔法の完成は、僕の予想より少し早かった。

「生徒たちの避難は終えたということでいいんだね」

「は。全生徒がすでに避難を終え、安全圏内とのことです。マキア・オディリールのみ、第一ラビリンスへの避難が終わっておりませんが、エスカ司教の保護下にあるので問題ないでしょう」

ラフォックスが報告を続ける。

「大鬼は現在、教師陣と精霊たちが何とか食い止めております。メディテ卿《きょう》および、魔法薬学教師たちによる対大鬼用の〝毒薬〟も、かなり効果が出ているとか。しかし時間との勝負です。敵は学校を手中に収めるのが目的なのか、王都の方へと進軍する様子はありません。しかしここが落ちれば、ルスキア王国は大打撃です」

「それはない。僕がいるのだから」

敵の目的、か。

開戦には、まだ早い。しかしルネ・ルスキアの生徒を人質に、ルスキア王宮に難しい要求を突きつけるつもりかもしれない。

あるいは、救世主の命が狙いか。

あるいは、トワイライトの〝黒の箱〟の奪取か。

あるいは、この学園島の最深部に眠る〝秘密〟が知りたいのか。

あるいは、本格的な戦争を始める前に、この僕の力を測っておきたいのか……

きっと、目的は一つではないのだろう。大転移魔法の実験という側面もあるのだろうし、優先順位に法《のっと》って、目的を出来る限り成し遂げるつもりだ。

「それにしても……大規模転移魔法とは地の利を予想外な方法で覆すものだね」

生徒の安全を優先したということもあり、帝国の魔物と、厄介な魔術師たちの侵入を許してしまったが、生徒たちさえ無事ならば、あとで如何《いか》にでも掃除できる。

僕は灯台に上って、修復した魔法水晶《ラクリマ》の作動を確認した。

魔法水晶の真下に、くすんだランプが一つ落ちている。

そのランプを手のひらで擦《こす》ると、中からもくもくと青黒い煙が出てきて、その煙の中に酷《ひど》く老いた老人の顔が浮かび上がった。これこそが、ランプの大精霊ジーンだ。

「大丈夫かい、ジーン」

「誠に面目ないのである、殿下。我は灯台守失格であーる」

ジーンはしょぼくれていた。偉大な老人の見た目をした大精霊でありながら、メンタルが少々不安定なのだった。

「君が対応できなかったのなら、どうしようもない。精霊魔法と先端魔法は、少々相性が悪いのだから。それにどうやら、敵はこのルネ・ルスキアの仕組みを熟知していたようだ」

あまり考えたくないことだが、ルネ・ルスキアの教師でもあったユージーン・バチストを介して、学園島の結界の仕組みや、それに伴う弱点を知られていたのだろう。

そう。ルネ・ルスキア魔法学校にも守護結界機能はある。

しかしそれは常に張り巡らせているものではなく、危険を察知したら、瞬時に必要な場所に張る機能であった。

ゆえに、地震のせいで、結界機能の展開が建造物周辺に集中した。

その隙に、敵が光のごとく速い一撃で灯台の魔法水晶を壊したのだ。

敵国は魔法の速度を重視し、常に追い求めていると言うが、なるほど、こういう時に大きな影響が出る。

そもそも、こんな芸当ができるのは、空間魔法のエキスパートであるトワイライトの一族に違いない。今回の地震も、おそらく彼らが人為的に起こしたのだろう。

大魔術師——黒の魔王の、末裔《まつえい》たちか。

黒の魔王が残した技術を使って、あれほどの大転移魔法を完成させたのは賞賛に値する。

敵国の魔術師でなければ手放しで褒めたいところだ。

「しかし、あの大転移魔法陣を動かすのに、いったいどれほどの魔力と、犠牲が払われているのだろうね。壊すのにいくつの精霊が必要かわかるかい、ジーン」

「破壊には少々手間がかかるのである。しかし殿下のお力があれば可能である。もっとも魔力と魔法陣の消費が少なく、学園島の被害を最小限に留《とど》められる方法は……」

ジーンが、大転移魔法陣に使われている魔法や魔力量を算出し、破壊の方程式を導き出した。その方法は、修復した魔法水晶の表面に映し出された。

「なるほど、月の弓矢か」

僕は、ふむと頷《うなず》いた。そして杖《つえ》で床を強く突き、召喚魔法陣を展開する。

「フクロウの精霊ファントローム、綿花の精霊リエラコトン、月の大精霊アルテミス……今すぐ、僕のもとにおいでなさい」

間も無く、目の前に三体の精霊が出揃《でそろ》った。

「月の精霊アルテミス、ここに参上」

「綿花の精霊リエラコトン、馳《は》せ参《さん》じましてございます」

「フクロウの精霊ファントローム、常に殿下のお側《そば》に」

彼らは僕を前に、仰々しくお辞儀をする。

かつて、僕が〈白の賢者〉と呼ばれていた頃に、世界中を旅しながら出会い、そして友人となってくれた者たちだ。

「みんな、僕に力を貸しておくれ」

「御意」

そして、いつもなら無詠唱でやってしまうところを、今回ばかりは魔法の形式、自らの名前というものを意識しながら、呪文《じゅもん》を唱える。


「ユーリ・ユノー・シス——乗算召喚——月の弓矢」


精霊にはいくつか召喚形態がある。

もともと彼らは、自然界の力が、魔法を帯びて姿形を持った者たちだ。

ゆえに、名と概念を維持したまま、与えた命令によって姿形を変えることは不可能ではない。相当な修業と、精霊たちとの絆が必要だが。

複数の召喚方法を見つけ出し、確立した者こそ五百年前の〈白の賢者〉である。

中でも、複数の精霊を掛け合わせて、複雑な魔法を作り上げる召喚方法が、この乗算召喚だ。

僕の目の前には、三日月を空より賜ったような、白銀の弓が現れていた。

それをこの大灯台の上より手にし、空に浮かぶ大魔法陣めがけて、構える。

月の雫《しずく》でできた弦を引くと、月光を凝縮したような輝きの矢が現れた。

一枚、二枚、三枚……約十枚の、違う命令を与えた魔法陣を、矢を向ける方向で連ねる。

軌道はファントロームが確保、複数の魔法を安定的に繋《つな》ぐのはリエラコトン。

そして大精霊アルテミスを基とした月の弓矢が、今この時、大転移魔法陣に向けて放たれた。

光矢《こうし》は宙で無数の魔法陣を貫き、その命令を吸収しながら、巨大な柱のようになっていった。

まるで賛美歌のような、清く高らかな音を響かせながら、宙を切る。

そして、大転移魔法陣のど真ん中に突き刺さる。まるでガラスでも貫くような、何かが割れる音が響く。この光矢が、魔法陣の重要な魔法式から書き換え、破壊に導く。

「あ、爆発しますね」

ラフォックスがぼやいた通り、最終的に巨大な光の爆発を招いた。大転移魔法陣が繋ぐ、あちら側にもこの爆発は影響を及ぼすだろう。

熱と爆風がここまで届く。学園島にも被害はあろうが、生徒たちは全員ラビリンスに避難済みだ。問題ない。

「お見事です、殿下」

控えていたラフォックスがパチパチと手を叩《たた》く。

光の粒が、花火の打ち上がった後のように、海へと落ちていくのが見える。

大転移魔法陣は破壊され、上空より消えかけているが、僕はまだその一点を見つめていた。

「まだ安心はできない。たとえ大転移魔法陣が破壊されたとはいえ、このルネ・ルスキア
に上陸した魔物たちは数え切れないほどいるし、トワイライトの魔術師たちがいる限り、
再びあの転移魔法は展開するだろう。きっとこれは敵側にとって、僕の力を試すという目
的を、果たしただけだろうから」

そう。一度の破壊なんて、時間稼ぎ以外の何ものでもない。

これは勝利ではない。無限に大鬼《オグル》が降りてくることはなくなり、学園島での大鬼殲滅《せんめつ》が
可能となったとはいえ……

案の定、上空では再び大転移魔法陣を再構築する兆しが見え始めた。

複数のトワイライトの魔術師たちが、飛び交って何かをしているのが見える。

そもそも、大転移魔法陣が破壊されるなどと言う事態は、向こうも織り込み済みだろう。

大転移魔法陣を今一度展開するための、魔法道具の予備くらいあるはずだ。

「……ねえ。そうでしょう、トワイライトの魔術師さん」

僕はゆっくりと振り返る。

背後より、微《かす》かな気配を感じ取ったからだ。

そこには、黒いローブと、鉄のマスクをつけた魔術師が二人ほど、佇《たたず》んでいた。

「ほお。やはり気付かれるか」

当然だ。僕の周囲に、いったいどれほどの精霊の目があると思っているのか。

しかしトワイライトの魔術師は、不気味なほど淡々と挨拶《あいさつ》をした。

「お初にお目にかかる、ルスキアの第二王子殿下」

「流石《さすが》はルスキア王国最強と名高い魔術師。あの大転移魔法陣を破壊してなお、涼しい顔をしておられる」

「そんなことはない。流石に少し、疲れるよ」

この規模の精霊召喚は、魔力と魔法陣を、かなり消費するのだから。

「それで、どっちが〝青の道化師〟かな。いったい、僕の何が知りたい」

「…………」

トワイライトの魔術師たちは、しばし黙り込んでいた。しかし、

「──死んで頂く。帝国のために」

一人が二刀を錬成し、僕の問いかけにも答えず切り掛かってくる。

僕は杖を盾にして、それを防いだ。直後、ラフォックスが背後より敵の喉元《のどもと》に食いつき、

地面に叩きつける。

「ぐう……っ」

僕は、大狐《おおぎつね》に食いつかれた黒いローブの魔術師に、カツカツと歩み寄った。

そして、真上より彼を見下ろし、

「愚か者め。鍋《なべ》で煮込んでやろうか」

自分でもそう思うほどの、魔術師らしい、薄い笑みを浮かべた。

湖の精霊たち
騙《だま》されて鍋で煮込まれた
白の賢者に忠誠を誓うまで――

「あの詩の〈白の賢者〉の部分、僕はあまり好きではないんだけど、一つ確かなことがあるとすれば、僕は〝人〟ですら使役できると言うことだ。要するに、命あるものを精霊化することができる」

僕は懐より、小瓶を取り出し、その蓋《ふた》を開ける。

「な、何をするつもりだ……っ」

「何って」

「う、うわあああああああああ」

ラフォックスが噛《か》み付《つ》いていたトワイライトの魔術師が、シュルシュルと糸のようになり、この小瓶に吸収された。

精霊とは自然界が魔力を帯びた際に生まれる具現体である。

しかし、人間や動物など、命あるものを概念化し、精霊としての姿形を与えることも不可能ではないのだ。

精霊化——それが、白の賢者に許された魔法。僕の秘術の一つである。

「まあ、こんな風に小瓶に詰め込んで、鍋で色々、するから、皮肉めいた詩が生まれた訳だけれど」

「色々、がミソですねえ。ああ怖い、扉の向こうの魔法使い」

ラフォックスが人形になり、体を抱いて、おどけた口ぶりで言う。

僕は小瓶を懐に仕舞いながら、クスッと笑った。

「で、君は見ているだけなのかい？」

もう一人のトワイライトの魔術師は、奥の方で大人しく突っ立っていたが、やがてパチパチと手を叩く。

「いやはや、驚かされました。あなた、面白いですねェ？」

「……面白い？」

「ええ。私め、三大魔術師の中では〈白の賢者〉が一番ツマラナイと思っていたのですヨ？　しかしそれは思い違いでした。……存外、残酷で、愉快なことをなさル？」

そしてクルリと軽快にターンして、青いジェスターハットを被《かぶ》った、不気味なピエロの姿に変化する。

なるほど。これが帝国の……青の道化師か。

「錬金術で、散々人体実験を繰り返しているお前たちには言われたくないなあ。あの転移魔法陣だって、どれほどの犠牲の上に成り立っているのか。……知りたくもないけれど、想像はできるとも」

僕がそう言うと、青の道化師は口元に手を当てて、わざとらしくフフフと笑っていた。

そしてピエロの仮面をつけたまま、ゆらゆらと体を揺すって、どうにも癖のある不安定な口ぶりで言う。

「噂《うわさ》のルネ・ルスキア魔法学校を襲撃し、生徒に恐怖を与え、攻め落とすくらいでなければ、慎重なあなたは本気を出してくださらなイ。そう、ユージーン・バチストの体を乗っ取った私めは判断したのでス？」

「……ほお」

「ユージーンはあなたについてよく理解していた。流石に、あなたが〈白の賢者〉の生まれ変わりであることなど、知る由もなく死んでしまいましたガ？」

「…………」

「でもまだ～、あなたは何か、隠してル～。この学校の奥底の、大きな大きな扉の向こうに、三つのお宝、隠してル～」

青の道化師は歌い、踊り、僕をおちょくる。

そして、その足元から青黒い蔓草《つるくさ》を生い茂らせる。

「それでは、第二ラウンドと行きましょう、白の賢者殿。どうか私めを失望させないでくださいネ？　楽しませてくださいネ？　本気を出してくださいネェ？　そのために、こちらも色々と準備してるんですかラ……」

青の道化師は、観客に向かってするような大げさなお辞儀をしてから、足元から伸びる青黒い蔓草に巻き取られ、沼に沈むようにして消えていなくなった。

やがて――

「へえ……トワイライト・ゾーンか」

この上空の空が、時間帯としてはありえないほどの夕焼け色に染まっていることに、気がついた。

これは〈黒の魔王〉が残した秘術の一つ――意図的に夕暮れ時を生み出す空間魔法トワイライト・ゾーン。

夕暮れ時とは、魔術師の魔力が最も高まり、魔法の効果が約3割上昇すると言われている、ゴールデンタイムである。

それを意図的に生み出せるのだから、驚異的だ。

優れた空間魔法と言わざるを得ない。

そう。かつて……友であった〈黒の魔王〉が、得意としていた魔法の一つだ。

これを使える魔術師が敵側にもいたとはね。おそらくレピス嬢の兄である、ソロモン・トワイライトの仕業だろう。

「ほうほう。殿下。敵は夕暮れ時を利用して、再び大転移魔法陣を展開するおつもりですぞ。その際は、もう一度、月の弓矢で破壊しますかな？」

「いいや、ファントローム。ただ破壊するのでは埒《らち》が明かない。何度でも同じことが繰り返されるだけだ。……それにね、あいつらの茶番のせいで、ルネ・ルスキアの生徒が傷つけられてしまった」

僕は、伏していた顔を、今一度ゆっくりと上げる。

そして、杖《つえ》を握る手に、力を込めた。

「我が国、我が校ばかりが一方的に被害を食らい、国民や生徒に恐怖を植えつけられるのは、どうにも許しがたい。僕はそれほど、お優しい魔術師ではないよ。当然、我がルスキア王国に、敵国の置き土産を頂かねば」

「殿下、どうなさるおつもりで？」

吟遊狐《ぎんゆうぎつね》のラフォックスが、首を傾《かし》げて尋ねる。

「パン・ファウヌスの封印を解きましょう」

僕は迷わずそう告げた。この場にいた精霊たちは「ほお」と目を丸くさせていたけれど、僕はもとより、そのつもりだった。

もうすぐ、エスカ司教が、あの二人をここへ連れてくる。

ルネ・ルスキアに施された封印を解く鍵《かぎ》を、あの二人は持っている。

そして僕たち三人が揃《そろ》えば、この五百年の間、重く閉ざされていた扉が、開く――

さあ、敵国の諸君。

扉の向こうに眠る、魔法の真髄、深淵《しんえん》を見るがいい。

かつての三大魔術師が創り上げたこの学校が、難攻不落の要塞《ようさい》と言われた意味を、とくとご覧に入れよう。

あとがき

お久しぶりです、友麻碧《ゆうまみどり》です。

まずは皆様に盛大な「ごめんなさい」を！

友麻、次の巻は「下巻」と言っておりました。しかし予定していたエピソードがまたまた盛り沢山になってしまいまして、今時珍しい「中巻」となってしまいました。

できるだけ早く「下巻」の第五巻をお届けできるよう頑張りますので、どうかお許しくださいませ……っ（スライディング土下座）。

さて。第四巻は、ルネ・ルスキア魔法学校での一年間が終わり、その節目となる日に起きる大事件のお話でございました。表紙はあんなにほのぼのしているのに……っ！

多くのキャラクターの事情、思惑が露《あら》わになり、噛《か》み合《あ》ってくるエピソードですので、ルスキア王国編の集大成となる「下巻」もどうかお見逃しなく。

宣伝コーナーです。『コミカライズ版メイデーア転生物語2巻』も、同時発売となっております。ちょうど魔法学校に入学したばかりの初々しいマキアと、ガーネットの9班の皆との出会いのお話です。美麗な漫画で楽しんで頂けますと幸いです。魔法学校の個性的な教師陣のビジュアルを、ぜひ見ていただきたい……っ！

担当編集さま。こちらを書いている時、スケジュール面などで多くのご迷惑をおかけしてしまいました。いつも本当にありがとうございます。

イラストレーターの雨壱絵穹《あまいちえそら》先生。今回1巻ぶりにヒロインとヒーローが表紙を飾ったのではありますが、「これが見たかったんや！」というような二人の一幕を描いていただき本当にありがとうございました！　雨壱先生の描く表紙で拝みたいキャラクターがまだまだいますので、引き続き頑張りたく思います！　今後ともよろしくお願いいたします。

そして、読者の皆さま。『メイデーア転生物語4』をお手にとっていただき、本当にありがとうございました。ウェブ版からしてとても長いお話なのですが、順調に巻数を重ねられているのは、ひとえに皆様の応援のおかげでございます。今後とも、物語の行方を見守って頂けますと幸いです！

それでは、第五巻でお会いできます日を、楽しみにしております。

友麻碧

お便りはこちらまで

〒一〇二―八一七七
富士見L文庫編集部　気付
友麻　碧（様）宛
雨壱絵穹（様）宛

富士見Ｌ文庫

メイデーア転生物語《てんせいものがたり》4
扉《とびら》の向《む》こうの魔法使《まほうつか》い（中）

友麻《ゆうま》 碧《みどり》

2020年12月15日　初版発行

発行者　青柳昌行
発　行　株式会社 KADOKAWA
〒102-8177　東京都千代田区富士見2-13-3
電話　0570-002-301（ナビダイヤル）

印刷所　株式会社暁印刷
製本所　本間製本株式会社
装丁者　西村弘美

定価はカバーに表示してあります。　◇◇◇

●お問い合わせ
https://www.kadokawa.co.jp/（「お問い合わせ」へお進みください）
※内容によっては、お答えできない場合があります。
※サポートは日本国内のみとさせていただきます。
※Japanese text only

ISBN 978-4-04-073843-7 C0193

浅草鬼嫁日記

著／友麻 碧　　イラスト／あやとき

浅草の街に生きるあやかしのため、
「最強の鬼嫁」が駆け回る——！

鬼姫"茨木童子"を前世に持つ浅草の女子高生・真紀。今は人間の身でありながら、前世の「夫」である"酒呑童子"を(無理矢理)引き連れ、あやかしたちの厄介ごとに首を突っ込む「最強の鬼嫁」の物語、ここに開幕！

【シリーズ既刊】 1〜8巻

富士見L文庫

暁花薬殿物語

著／佐々木禎子　イラスト／サカノ景子

ゴールは帝と円満離縁!?
皇后候補の成り下がり“逆”シンデレラ物語!!

薬師を志しながらなぜか入内することになってしまった暁下姫。有力貴族四家の姫君が揃い、若き帝を巡る女たちの闘いの火蓋が切られた……のだが、暁下姫が宮廷内の健康法に口出ししたことが思わぬ闇をあぶり出し？

【シリーズ既刊】1～4巻

富士見L文庫

王妃ベルタの肖像

著／西野向日葵　イラスト／今井喬裕

大国に君臨する比翼連理の国王夫妻。
私はそこに割り込む「第二妃」——。

王妃と仲睦まじいと評判の国王のもとに、第二妃として嫁いだ辺境領主の娘ベルタ。王宮で誰も愛さず誰にも愛されないと思っていたベルタは予想外の妊娠をしたことで、子供とともに政治の濁流に呑み込まれていく——。

【シリーズ既刊】1〜2巻

富士見L文庫